雪本無系 有誰真見過香雪

苦苦追尋 只是因為它難得

勇者不懼 知其不可而為之

這便成了 向君他们的死穴

題贈《香雪文叢》 丁亥秋 鍾叔河

锺叔河先生为"香雪文丛"题词

苏露锋　著

士人风骨

剥开历史的脂粉，
照见读书人的困境与本色

山西出版传媒集团

北岳文艺出版社

·太原

图书在版编目（CIP）数据

士人风骨 / 苏露锋著 . — 太原：北岳文艺出版社，
2023.8
（香雪文丛 / 向继东主编）
ISBN 978-7-5378-6755-9

Ⅰ . ①士… Ⅱ . ①苏… Ⅲ . ①随笔－作品集－中国－
当代 Ⅳ . ① I267.1

中国国家版本馆 CIP 数据核字 (2023) 第 134398 号

士人风骨

苏露锋　著

//

出品人	出版发行：山西出版传媒集团·北岳文艺出版社
郭文礼	地址：山西省太原市并州南路 57 号　邮编：030012
选题策划	电话：0351-5628696（发行部）　0351-5628688（总编室）
谢放	传真：0351-5628680
	经销商：新华书店
责任编辑	印刷装订：山西万佳印业有限公司
谢放	
书籍设计	开本：787mm×1092mm　1/32
张永文	字数：183 千字　印张：8.5
	版次：2023 年 8 月第 1 版
篆刻	印次：2023 年 8 月山西第 1 次印刷
李渊涛	书号：ISBN 978-7-5378-6755-9
	定价：68.00 元
印装监制	
郭勇	本书版权为本社独家所有，未经本社同意不得转载、摘编或复制

总序

香雪是广州地铁6号线的一个终点站名。近几年，常往返于6号线上，每每听到这个报站，总觉得有味。有时拿起一张地铁线路示意图，一个个站名过一遍，唯觉得香雪这名儿富有内涵，让人遐想。

记得还是二十世纪八十年代，曾参加一次文学讲座。一位诗人教导我们如何作诗，他顺口溜出几句写雪的诗："江山一笼统，井上黑窟窿。黄狗身上白，白狗身上肿。我就去打酒，一脚一个洞……"显然，前四句是唐人张打油的《雪诗》，后面恐怕是他随意发挥的。他说这首诗，好就好在全诗没有一个"雪"字，却把"雪"惟妙惟肖写了出来。作为一个客住之人，我对粤文化所知有限，不知当地是否有咏雪的诗篇遗存；即便有，也不会太多吧。

广州是个无雪之城。每年冬天，要看雪，只有北上远行。市郊有广州海拔最高的白云山，冬天偶尔也会飘几粒雪花，但落地即融化。香雪之名缘何而来？后来才知道是萝岗有一香雪公园。旧时，广州也有"羊城八景"之说，香雪自然名列其中。

羊城人喜欢雪，就因为无雪吧。

由广州人好雪，我联想到一个有趣的问题：凡生活中没有的东西，人们总是越想得到。譬如一个美好的愿望，其实就是一种精神诱导，或叫一种心理安慰剂，尽管如镜花水月，而有，总比无好。画饼还是要的。未来是美好的，现在吃苦受累，就是为了将来。天堂并不是虚妄的。然而，经验却告诉人们，越是根本不存在的事儿，越是大张旗鼓，堂而皇之，煞有介事，以期达到望梅止渴……我是个过了耳顺之年的人，河东河西，一生也算见过不少，如要追溯这传统，恐怕比我辈年长，只是觉得于斯为盛罢了。

香雪之所以拿来做了丛书名，也是一时想不到更合适的。至于能做到多大的规模，还真不好说。唯愿读者开卷有益，也愿香雪能带给人们不一样的遐想。

是为序。

向继东

二〇二二年三月于广州

自序

出身农村，考大学几乎是改变命运的唯一机会。高中那几年，却沉溺于文学。高考前夕，竟还在读《论茅盾的早期文学思想》《文学艺术家智能结构》等书，旁人觉得荒唐可笑。没有过人天赋，又不务正业，自然无缘大学。这要部分"归罪"于老师。

一次作文课，李劲老师把我关于王安石《游褒禅山记》的读后感，当作优秀习作在班上朗读，有一句还被画了红线："我的梦想，就是从那个时间、那个地点开始的。"我的文学梦想也由此启航。

老师或许只是勾起了我体内的基因记忆。我的父亲苏斌方，当过大队会计，算得上是个农村知识分子。他读过一些书，对古典诗词、历史故事如数家珍。他还写得一手好翰墨，邻居每逢春节和红白喜事，总是前来索求对联。父亲以历史故事教我们兄弟做人处世的道理。没有字帖，父亲就在废旧纸上写下工整的楷书，一笔一画教我临习。父亲的文学基因，在我身上得以传承。

虽然没能进入大学殿堂，但读书的习惯一直坚持下来。既便是干农活时也带着书，充分利用在田埂上休息的间隙时间。那时，上海文化出版社的"五角丛书"取材广泛，开本较小，携带方便，成为我的至爱。

一个偶然机会，我当上了乡邮员。在乡镇邮政所，有大量报刊可以阅读；更重要的是，我迎来了人生的第一个转折点。市邮政局局长李若元来检查工作，偶然看到我在交接班单上的签名，便说字写得不错，又问我是否会写文章。我点头说是。几天后，市局办公室主任拿来一沓材料，让我整理成文。不久，我便到了市局从事宣传工作，平常写文章，有活动写横幅。从乡邮员到专职宣传，是一个人生跨越。

读书自学常有迷茫和困惑。读了任继愈先生的《中国哲学史》，便去信说想登门拜访请教。任先生是哲学大家，当年已八旬高龄，我本来对回信不抱希望。谁料先生回了一封亲笔信，说自己年事已高，心力不济，推荐我去找北京大学哲学系叶朗教授。后因多种原因未能成行。读了另一位著名学者、教授出版的日记后，又去信表明拜访求教之意。回信出自另一位老师，说该教授已调往外地任职，便代他回信，鼓励我自学。虽然未能当面求教于两位学者，但这两封回信成为我当时坚持自学的动力。

2001年，大名鼎鼎《文萃报》招聘编辑，经过严格的考试，我如愿成为报人，这是新的起点。这里有单位订阅的数百种报刊，有湖南日报社图书馆的丰富藏书，还有文化古城长沙的众多书店。岳麓山下，高校林立，这里的旧书店，收有学生丢弃不用的各类大学教材。我成了这里的常客。自学了法学、政治学、社会学、哲学、历史学、国际关系学、经济学等多个学科的知识，广博庞杂，不求甚解。

后来，我摸索出了自己独特的读书自学经验：在某段时间要专注一个领域，这段时间大概要三四年，先细读这个学科的基本原理和思想史，或者词典，再按图索骥，研读这个领域的经典著作和专业书籍，自学可以事半功倍。

那段时期，我撰写的时政评论不断见诸媒体，甚至为著名学者所引用。作为半路出家的"民科"，我从这些点滴收获中寻求慰籍和动力，从不妄自菲薄。那段时期的评论，有些超越了时效性，于今仍有现实意义。

从2017年开始，我在《华声》杂志开设专栏，应邀为《廉政瞭望》撰写的专栏也于2021年开张。两个专栏均是历史随笔。开设之初，头脑中并没有清晰的定位。现在回头来看，发现大多与古代士人、思想、政治有关，内容偏重于宏观题材。这或许是我潜意识中的真正志趣所在——力图从当代的视角，来解读中国古代史。

专栏文章至今已积累近百篇，于是编成《士人风骨》这本集子。此书中有多篇入选花城出版社"中国杂文年选"和长江文艺出版社"中国杂文精选"；被《领导文萃》《杂文选刊》《特别文摘》《作家文摘》等文摘报刊转载百余篇／次。这次结集出版，也算是一个阶段性总结。

文学、时评、随笔，是我精神追求的三个阶段。一般而言，文学需要激情，时评需要锐气，随笔需要练达。但有人说，我的历史随笔，更多的是激情和锐气。当然，光有激情和锐气还不够。好的历史杂文，更重要的是要有独到的见地。见他人之所未见，言他人之所未言，是杂文的上乘境界。此境界，恐力有不逮，而心向往之。

唠叨至此，意在感恩一路走来给予我帮助的人。感恩亲人、师友和同事，感恩点拨和抬爱我的人。除了前文提及，应该感恩的人还有很多，恕不一一道来。当然，特别要感谢向继东先生。是他向出版社推荐，才有了这本集子的出版。

苏露锋

二〇二三年三月定稿于长沙

目录

宁拙毋巧的风骨

傅山，字青主，山西太原人。他是明末清初的书法大家，也是一位百科全书式的学者。他通晓诸子百家，在金石学、音韵学、考据学、史学等领域均有很深造诣。他的医术也很高明，尤精于妇科。傅山以书法成就名垂后世，其他方面的成就，几乎被他的书法艺术光芒遮蔽了，其"宁拙毋巧"美学观对后世的影响尤其深远。

"宁拙毋巧"源自他的书法理论——"四宁四毋"，即"宁拙毋巧，宁丑毋媚，宁支离毋轻滑，宁真率毋安排"。意思是，作书宁愿追求古拙而不能追求华巧；宁可写得丑些，也不能有奴颜婢膝之态；宁可追求松散参差，也不能有轻佻浮滑之相；宁可率真直书，也不能刻意安排。

这也是傅山的人生观。他一直对科举功名不太在意。他苦读十三经和史书，致力于金石考据和经世致用之学，对八股知识没有多大兴趣。明朝灭亡后，他出家做了道士。披上红色道袍，自号"朱衣道人"，暗含穿朱家之衣、不肯降清之志。他宁愿抱朴守拙，清苦度日，也不愿投机取巧，仕新朝而享荣华。

清廷为了彰显其统治的合法性，大肆拉拢汉人为其所用。不少汉人为了保护自己的政治经济利益，通过与清廷合作或科举考试，而摇身成为新贵。傅山在文艺上的声名，不但没有因改朝换代而受损，反而在清初更加彰显。他成了朝廷重点拉拢的对象。有京官多次举荐他，但他最初一再"固辞"，以生病为由拒绝进京。他为官的朋友，也极力劝行。为了不让朋友为难，他勉强在孙子的陪同下赴京。但他拿定主意，绝不参加朝廷的博学鸿儒特科考试。对他来说，参加考试等于承认清政府的合法性。他不会向新朝廷妥协。无奈之下，清廷只得免试封他为内阁中书。有人要他入朝向皇帝谢恩，傅山绝食七天以拒。

　　傅山的风骨，成为一些文人的精神寄托。在金庸笔下，《书剑恩仇录》一书中，傅青主不仅是武林高手，还是从事反清复明活动的江湖首领。

　　傅山年轻时，曾醉心于赵孟頫的书法。但年长后，特别是清军入关、明朝覆亡后，他深切意识到赵孟頫的道德问题。赵孟頫本为赵宋宗室，却在宋亡后侍奉元朝，成为"贰臣"。这时，傅山再看赵孟頫的书法，觉得其"浅俗""无骨"，便毅然回归颜真卿。唐代书法家颜真卿在平定叛乱中为国捐躯，被后世视为忠臣的象征。

　　虽然艺术成就不能与人品画等号，但从艺术风格而言，赵体圆转流丽，颜体宽博刚健，后者骨力胜于前者，正好与他们的人品相对应，使他们的艺术风格有了象征意味，似乎印证了唐代书法家柳公权的名言——"心正则笔正"。

不过，傅山作为严谨的学者和书法大家，并没有一味地以人品的高低来论定艺品的优劣。长他十五岁的书法家王铎，与赵孟頫有着类似的经历，在人格上也有污点，作为明大臣却降清仕新朝。但他的书法雄健豪迈，开一代风气之先。傅山对其评价非常肯定："王铎四十年前字极力造作，四十年后，无意合拍，遂能大家。"

傅山晚年贬斥仕元的赵孟頫，而赞颂"忠君爱国"的颜真卿，不仅是艺术审美风格的重新选择，更是对自己明朝遗民身份的强调和表达。而避开政治污点，从艺术上肯定王铎，则凸显了政治与艺术的复杂关系，以及鼎革时期文人抉择的两难困境。

李贽的三把剃刀

明朝思想家李贽有三把"剃刀"。这些"剃刀",构成了他奇异、矛盾而又决然的一生。

第一把是剃度之刀。

李贽出生于福建泉州,家境贫寒,从小就有怀疑精神,尤其反感程朱理学。但为了糊口,他不得不参加科举考试,二十六岁中了举人,却说:这只不过是个儿戏!此后也不再考进士,远赴河南辉县做了教谕,后又调任最高学府国子监博士。在云南姚安知府任上,他廉洁勤政、秉公执法。上司欣赏,同僚夸奖,士民赞颂,大都认为他仕途前景无量。然而,他却在大家诧异的目光中,弃官去职,脱离体制,来到湖北芝佛院剃度成了和尚。从此专注学问,著书立说。

第二把剃刀是诀别之刀。

在芝佛寺待了十年,李贽学问精进,名声大噪,被邀到各地讲学。和尚、道士、樵夫、农民、商贩,还有很多女子,一听李贽来讲学,蜂拥而至。一时间,李贽成了横扫儒释道的学术明星。这对传统思想造成了强烈冲击,被保守势力视为"异端邪

李贽像

说"。朝廷以"惑世诬民"的罪名把七十六岁的李贽关进大牢。关了二十多天后，狱卒找来了剃头匠给李贽剃头。李贽趁机拿起剃刀割了脖子。临死前，他用手指蘸了自己的血写道：七十老翁何所求！用王维这句诗来表明杀身殉道的决心。李贽一生穷困潦倒，七个孩子有六个因饥病交困而先后死去。

第三把剃刀是解剖之刀。

尘俗的羁绊、体制的束缚，李贽均化繁为简，一刀两断。这种思维方式，与英国哲学家奥卡姆的"剃刀定律"有些类似。奥卡姆认为，论证一个理论或命题，往往有多种解释和证明，其中步骤最少、最为简洁的证明是最有效的，其他都是无用的累赘，应当被无情地"剃除"。人们把这个思想称为"奥卡姆剃刀"。李贽的"剃刀"，是割离尘世的器物之刀，也是解剖和批判社会的思想之刀。

李贽很像一个穿越者，把很多超前的观念和思想带到了明代。在哲学上，他信奉王阳明的心学，认为"真心""童心"是万物的本源。他公开反对以孔孟学说作为亘古不变的权威教条。他认为，孔子只不过是一个普通人，没有必要神化，孔子也存有私欲。他指出，程朱理学倡导的"存天理，灭人欲"是个伪命题。穿衣吃饭，即是人伦物理。脱离物质生活，空谈伦理道德，都是伪君子——满嘴仁义道德，背地里却是男盗女娼。他主张个性解放和思想自由，打破了孔孟之道提出的是非标准。他撰写了《焚书》《续焚书》《藏书》《续藏书》等著作，表达自己的独特观点，用自己的是非标准，重新评价历史人物。他蔑视皇权和王公贵族，公开宣称天子和普通老百姓没什么区别。老百姓并不卑贱，有其尊贵的地方；王公贵族并不高贵，也有其卑贱的地方。

他提倡婚姻自由，认为父母之命、媒妁之言都不作数。他公开支持寡妇再嫁，他儿子死后，他就劝说儿媳改嫁他人。他提倡男女平等，公开批驳男尊女卑的儒家思想糟粕。他曾在湖北麻城开坛讲学，规定不分男女，一律都可入学，真正做到了有教无类。他批判重农抑商，认为商人通过辛苦劳动赚取钱财，属于崇高的职业，值得社会尊重。

李贽思想的核心，强调个人的独立、自由和平等，在当时可谓惊世骇俗。不为现实所容，便以极端的方式来践行思想、追求个人自由，这也是对传统顽固势力的蔑视。在明清两朝，其著作均遭官府禁止，但却更加广为流传。他的思想，犹如一盏明灯，划破了幽暗的千年长夜。

从司马迁到谈迁

中国有修史的传统，绵延不绝的文献记载，清晰地勾画出中国历史的发展轨迹。自古以来，一直不缺追求信史的殉道者，司马迁是早期的典范，谈迁是后期的代表。为历史真相而献身，从司马迁到谈迁，可以看到这种精神的绵延不绝。

司马迁的父亲是太史令，受其影响，刻苦好学的司马迁，逐渐树立了继承父业、研究历史的志愿。父亲临终前，拉着司马迁的手，说自己想要写一部通史，但未能如愿，希望儿子完成他的遗愿。司马迁担任太史令后，便开始了写《史记》的准备工作。四十六岁那年，司马迁为李陵之事说了公道话，获罪，遭受腐刑。司马迁忍受生理和心理的双重剧痛，用生命写出了空前绝后的巨著《史记》。

司马迁不怕再次获罪，他尊重史实，秉笔直书，不为尊者避讳。对汉高祖刘邦，除了正面描写其作为创业君主的善于用人等长处之外，还用大量篇幅写刘邦的无赖，不尊重儒生，贪酒好色，尤其描写刘邦的虚伪，更是入木三分。

司马迁对当朝的汉武帝也是直言不讳。汉武帝实行严刑峻法，建立起专制主义的中央集权，司马迁在《史记》中多处披露这一点，批评汉武帝不重德治而用酷吏，完全是本末倒置。司马迁不满汉武帝的用人，批评他不用直谏之臣而用谄谀之辈。司马迁在《封禅书》中，写汉武帝为长生不老而迷信方士，尽管多次被欺骗，却始终不觉悟；在《平准书》中写汉武帝大兴土木和奢侈浪费，对外连年用兵，造成府库空虚。为此司马迁愤怒地指出：武帝"于是外攘夷狄，内兴功业，海内之士力耕不足粮饷，女子纺绩不足衣服"。在司马迁笔下，汉武帝是个好大喜功、穷兵黩武、贪图享乐而不顾人民死活的皇帝。

揭露宫廷矛盾，也是司马迁批评汉武帝的一个重要方面，此集中表现在《魏其武安侯列传》中。司马迁着重写了汉武帝即位前后，外戚之间、外戚与皇家之间、皇帝与太后之间、窦太后与王太后之间，以及皇家与大臣之间，互相倾轧、争权夺利的现象，并对汉武帝将国政当作一家私事来处理的政治弊端给予了有力地剖析和揭露。

明末清初史学家、《国榷》作者谈迁，把司马迁当作精神导师。谈迁原名以训，明亡后更名迁。他出生于盐官（今浙江海宁市）一个贫困之家，长期给人家当秘书，以办些文墨事务、代写应酬文章来维持生活。他自幼好学，尤其喜欢读史。他发现明代实录中，有几朝实录经过重修，严重失实，而众多私家所修的当代史中多有毛病，出于强烈的责任心，他决心写一部信史。但是，一个家徒四壁的穷秀才，既无"金匮石室"可供查阅，又无厚禄巨资可资周游，其困难可想而知。他撰写《国榷》的主要依据，是明朝历代实录，然而，《明实录》当时并没有刻本，只有极少数大官僚地主家才藏有抄本。他不辞辛苦，经常步行到百里之外去借抄。他还涉览了明人著述百余种以上。

在他耗费心血完成《国榷》初稿之后，谁知天降横祸，小偷盗走了全部书稿。二十余年的心血毁于一旦，这对年已五十多岁的谈迁来说，无疑是晴天霹雳，他流着泪说："吾力殚矣。"然而，他并没有灰心丧气，继续从头做起，四年后再次完成四百二十八万多字的《国榷》。

谈迁除了重视文字资料的收集外，还十分重视调查研究。他很早就盼望去北京，以便查阅相关资料和实地调查。第二次书稿完成后，这一夙愿终于实现。义乌朱之锡进京供职，聘他做记室。谈迁在北京住了两年半。他借阅了大量著作和资料，并阅读和抄录了邸报（政府公报），以补充崇祯朝、弘光朝史料的不足。此外，他还经常与熟悉明朝掌故的耆旧交谈，以获得书本之外的资料，来订正《明实录》及其他稗官野史记载的错误，补充其记载的缺漏。他还亲往拜谒崇祯的思陵及司礼监秉笔太监王承恩的坟墓，并与守陵的宦官交谈，了解甲申之变宫中的详情。

《国榷》这部编年体明代史，记录上起元文宗天历元年（1328），下迄明末弘光元年（1645）共三百一十八年的历史。其最突出的特点，是在记述史事的过程中，继承了司马迁重视考信的优良传统，对所依据的史料进行了去伪存真、去粗取精。

在《国榷》中，谈迁不但如实还原了清廷极力掩盖的"黑色发家史"，还毫不掩饰地直称清先人为"建房"，写至清朝建立后又改称其为"清虏"。这在当时，是要冒着被杀头危险的。庄廷鑨揽人撰写《明史辑略》，不承认清朝的正统，直呼努尔哈赤为"奴酋"、清兵为"建夷"，结果引起清廷大兴文字狱，相关人等被捕杀殆尽。

　　私人修史犯了清廷统治者的大忌。但谈迁不信邪，明知不可为而为之，以一人之力，为后世留下了一部信史巨构，是私人修史的杰出代表。

顾炎武的警告

明末清初思想家顾炎武曾经警告他的弟子潘耒，反对他涉入官方学术界，因为一旦进入，他必须"满口溢美之词"，浪费大量时间用来溜须拍马。

潘耒出身江南吴江县（今江苏苏州）的书香门第，生而奇慧，读书过目不忘。六岁丧父，依靠兄长生活。其兄因庄廷鑨私修《明史》案牵连被凌迟处死。

涉世未深的潘耒，起初对老师的警告没有重视，他参加了朝廷的博学鸿儒科考试。在古代，朝廷几乎垄断了所有的资源，科举是读书人改变命运的唯一途径。饱读诗书，想有所作为的潘耒，没有别的选择，他进了翰林院。潘耒在京为官五年，除参与编修官方《明史》外，还被康熙帝选在身边，专事记录皇上的言行起居，并出任会试考官。潘耒不愿曲意奉上，对时政多有谏言，终因大胆敢言而被降职。后因母亲去世丁忧归家，便不再复出。大学士陈廷敬想推荐他，被他谢绝，他说："止止止，吾初志也，吾分也。"潘耒晚年崇信佛学，遍游名山，留下《游南雁荡记》等名篇佳作。此时，潘耒才深切体味到老师的睿智和远

顾炎武像

见。顾炎武不只是这样教育学生，他自己也是这样做的。

清朝自建立后，对汉族知识分子使用了软硬两手：一方面通过南北榜案、通海案、《明史》案、《南山集》案等大案进行疯狂的镇压；另一方面则利用科举和修史来拉拢、安抚、笼络，像顾炎武这样名满天下的大儒，自然是清廷网罗的对象，但顾炎武屡次拒绝征召。

康熙十年（1671），顾炎武游京师，寄寓外甥家中，大学士熊赐履设宴款待顾炎武，邀修《明史》，顾炎武拒绝说："果有此举，不为介之推逃，则为屈原之死矣！"

康熙十七年（1678），康熙帝开博学鸿儒科，礼部侍郎叶方蔼举荐顾炎武，顾炎武三度致书叶方蔼，表示"耿耿此心，终始不变"，以死坚拒推荐。后又说："七十老翁何所求？正欠一死！若必相逼，则以身殉之矣！"

康熙十八年（1679），清廷开明史馆，《明史》总修官熊赐履招顾炎武与修《明史》，顾炎武以"愿以一死谢公，最下则逃之世外"坚拒熊赐履。

面对清政权的诱惑，顾炎武没有如他的朋友傅山那样假托生病不出，也没有如与他齐名的黄宗羲那样妥协，挂名《明史》修史顾问，更没有像一些人那样去"躬逢盛典"。他的态度直接而刚烈，以死相拒。这固然表现了顾炎武绝不委身新王朝的知识分子气节，也体现了他作为思想家的洞察力。

顾炎武心里明白，一旦进入官方学术界，不管是修史还是著文，都得为朝廷涂脂抹粉，为皇上歌功颂德。那样不仅没了自己的独立人格和思想，还得浪费大量精力和时间揣摩上意，撰写媚俗时文，无法专注真正的学问。侧身官场和体制内，能够过上体面优渥的生活，也能获得官方的资源和学术地位，但这不是顾炎武想要的。即便生活穷困清苦，他也要追求真学问、大学问，为往圣继绝学，为万世开太平。他对学生潘耒的警告，又何尝不是一种自我提醒？

正是这种难能可贵的清醒和自觉，才成就了顾炎武。潘耒在顾炎武的代表作《日知录》原序中说："当代文人才子甚多，然语学问者，必敛衽推顾先生"，并谓此书"惟宋、元名儒能为之，明三百年来殆未有也"。

从中国思想史和学术史看，顾炎武的成就，完全够得上他学生的评价，甚至有过之而无不及。

被凌迟的理想

明朝燕王朱棣武力篡夺侄子建文帝朱允炆的皇位后，他凌迟磔杀的，不只是拒写诏书的"读书种子"方孝孺，还有建文帝和方孝孺君臣两人共同的仁政理想。

方孝孺自幼天赋惊人，尤其是师从大儒宋濂后，学问大为精进。他不仅文才卓异，还有治国韬略。朱元璋知道方孝孺有大才，但并没有立即起用他，而是希望他将来能为皇太子朱标所用。谁料朱标比朱元璋先死，皇太孙朱允炆隔代继承了大位。

建文帝很早就听说方孝孺的贤名，即位后便将他召入帝京。方孝孺被任命为翰林侍讲，次年迁侍讲学士，成为建文帝近臣。无论是讨论国家大事，还是为建文帝读书释疑，他都是建文帝身边不可缺少的人物。朝廷撰修《太祖实录》《类要》等书，都任命他为总裁。

建文帝如此倚重方孝孺，乃因建文帝长期受儒家思想熏陶，恢复上古三代之治是其政治理想。方孝孺是朝野公认的名士大儒，道德学问均为当时之冠，在儒家士大夫中具有极高声望，而且他仁义治国的主张与建文帝完全契合。建文帝起用方孝孺后，

方孝孺像

待之如师。

为报知遇之恩，同时实现自己治国救民的政治理想，方孝孺忠心辅弼建文帝治国，直接参与各项政治改革的筹划。他是"建文新政"蓝图和总体构想的总设计师，当时几乎所有出台的改革方案，都以他的治国方略作为思想理论基础。

在治国理政的问题上，建文帝与爷爷朱元璋完全不同。朱元璋推行恐怖政治，而建文帝以仁义礼乐治国。

"建文新政"中最重要的内容就是宽刑狱。朱元璋严刑峻法，制造了大量冤案，方孝孺对其害有切肤之痛，他的父亲方克勤、叔叔方克家和恩师宋濂，均蒙冤而死。方孝孺提出"以德为主，以法辅之"的德治思想，与建文帝"宽仁"的执政理念不谋而合。在方孝孺的参与下，建文帝平反了一大批冤假错案，矫正朱元璋时期滥法任刑之弊。其最直接的成果，就是全国的囚犯人数比以往少了三分之二。

朱元璋雄猜多疑，采取挑拨分化、特务监视、恐怖屠杀等手段来控制朝臣，并且废中书省和丞相，大权独揽，建立独裁统治。方孝孺严厉批评朱元璋恃威自用，把臣子当奴才，任意鞭笞侮辱。他认为皇帝应当礼贤下士、虚心纳谏，与贤臣士大夫适当分权，共理国政。建文帝采纳方孝孺的建议，向朝臣放权，实行君主与士大夫共治天下，扭转了朱元璋肇始的专制皇权空前强化的趋势。

方孝孺的政治思想，与中国历史上儒家传统的民本思想一脉相承，他根据孟子的"民为贵，君为轻"之意，进一步发挥说：

上天立君主，是为了百姓，不是让百姓来服侍君主的。如果所立君主无益于民，那立他干什么呢？强调君主治民要本乎仁义、顺应民意。建文帝在这一点上身体力行，他清心恭己，轻徭薄赋，减轻了人民负担。

"建文新政"实行几年之后，取得很好的成效，社会风气明显好转，而且得了民心，年轻的建文帝得到百姓拥戴。然而这一切因朱棣起兵篡位而终结。

方孝孺在当时有极高的声望和影响力，朱棣企图让他起草诏书，来说明自己上位的合法性。方孝孺知道理想已破灭，置生死安危于度外，取笔大书"燕贼篡位"四个大字。盛怒之下，朱棣将方孝孺凌迟处死，其肢体分裂后悬首张尸以示众，并灭其十族，惨绝人寰。

登上皇位的明成祖朱棣，完全摒弃建文帝时期的仁义礼乐，重拾朱元璋时期的严刑苛法。甚至，朱元璋在晚年废止的特务机构锦衣卫，朱棣登基后立即就恢复了。人性的幽暗、历史的吊诡，又一次凸显出来。刀枪之下，理想竟如此脆弱？

谋僧念什么经？

乱世之中，读书人想要建功立业，借助雄主是必然选择；雄主争夺天下，也少不了读书人的出谋划策。如曹操与荀彧、刘邦与张良、李渊与裴寂、赵匡胤与赵普、朱元璋与刘伯温等。有一种谋士极为特殊，和尚出身，自寺庙入幕府，从江湖到庙堂，亦僧亦官，亦僧亦俗。刘秉忠和姚广孝是谋僧的代表人物。

刘秉忠自幼聪颖，十七岁为邢台节度使府令史。他家世代官宦，自己却沦落为刀笔小吏。他认为，大丈夫生不逢时，应当隐居起来，以待机遇，再展宏志。于是他弃职而去，隐居于江西武安山，后来到河北天宁寺剃度为僧，不久又留居山西南堂寺。无论是隐居还是出家，对刘秉忠来说，都不过是为了有一个读书和静待机遇的环境。他在寺中勤奋地博览群书，儒经、佛经、天文、地理、律历、史典以及占卜之书，无所不读，无所不通。

刘秉忠进入忽必烈幕府后，以布衣身份参与军政要务，出谋划策，立下不世之功。早年的抱负似乎实现。一些与他同时入侍忽必烈的汉人，许多由他推举入朝的儒士，都已高官厚禄；但独有刘秉忠依然如故，僧衣斋食，无官无爵，过着出家人的清苦生活。兼通儒佛的刘秉忠，一方面有建功立业的强烈愿望，一方面又视功名利禄为浮云。

虽然忽必烈下令刘秉忠还俗，但他仍然对朝廷若即若离。这时的忽必烈，已与从前大不相同，越来越专断、疑心重、好大喜功，不再有耐心听取汉臣的意见，甚至常常借故治罪汉臣。刘秉忠预见到了汉臣们在未来的悲剧性结局。尤其是，忽必烈为了应付庞大的军费和朝廷开支，不顾汉臣一再反对，横征暴敛，压榨百姓，这些都让刘秉忠对曾经热衷的功业有幻灭感。

刘秉忠虽然感到失望和痛苦，但他毕竟深谙佛理，很快就从世间的烦恼中超脱出来。他以出家人的方式，选择自己的最后归宿。就在忽必烈确定最后灭亡南宋的战略计划，一统大业指日可待之时，刘秉忠在上都郊外南屏山建起一座小屋，独居其间，终日吟诗咏词。

元朝末年，佛教寺院藏龙卧虎。长洲（今江苏苏州）妙智庵和尚姚广孝从小就抱有远大理想，出家后精研佛经、天文、阴阳、术算和兵法等多种学问。他还广游湖海，结交四方之士，曾在多个寺院当过住持。元末，改朝换代之际，姚广孝还没有脱颖而出，另一个和尚朱元璋就平定了天下。新朝皇帝下诏取高僧，他积极前往。但他当时有病在身，仅取得礼部发给的度牒，于觉林寺入册。

姚广孝在等待新的时机之际，好友高启因犯讳而被腰斩——帝王喜怒无常，走入仕途，稍有不慎，就有杀身之祸。姚广孝为自己的出路踌躇起来。然而，他要做治世名臣的理想，并未就此泯灭。当皇帝下诏通儒僧出仕时，他还是前往礼部应试了。但他试毕并没有受官，带着朝廷赐给他的僧服回去了。这是他心理矛盾的表现。

一个偶然的机缘，姚广孝加入了燕王朱棣幕府，建功立业的雄心之火再次在他心中燃起。在他的怂恿和谋划下，朱棣从侄子建文帝手中夺取了天下。一方面，姚广孝为朱棣心腹谋士，助其起兵成功，自己也位居高官，实现了昔日的理想；另一方面，他也亲眼看见，自己谋划的这场战争，给无辜百姓带来灾难，使他们惨遭杀戮，这不能不使一个从十四岁就出家为僧，时刻叨念应以慈悲为怀的人在良心上受到谴责。"何如东流水，写此长恨端"的诗句，就表达了他的忏悔心情。

皇帝让他蓄发还俗，他不愿意；特赐他宅第，他不接受；为他择偶选妻，他不奉诏。他仍旧是"常居僧寺，冠带而朝，退而辎衣"。他对自己前半生的所作所为悔恨不已，想抛却尘世的权欲，在佛门净土中安度晚年，超度在战争中丧命的无数苍生。清代进士刘湄金说，姚广孝"因杀业太甚，故终身为僧而不改"。

在刘秉忠和姚广孝身上，入世与出世、功利之心与悲悯之心，兼而有之，选择中有痛苦，放弃中有纠结。不仅仅是谋僧，很多读书人都有这种矛盾心理，只是没有如此显著而已。中国传统文化中，"儒佛一体"是一个独特而普遍的存在。

文人不幸文化幸

金末文学家元好问出身官宦之家，从小饱读诗书，富有文才；但时运不济，命运多舛，成了亡国之臣。他姓元，却不愿做元朝的官，后半生穷困潦倒。他的文学成就以诗为最高，其"丧乱诗"尤为有名，体现的是山河破碎的切肤之痛，颠沛流离中的思乡之情。

清代史家赵翼总结元好问的一生，写出了流传后世的诗句——"国家不幸诗家幸"，意为时局动荡、社会离乱的国家之大不幸，有时反而会造成文学的繁荣，催生优秀的作家和作品。

诗句中"诗家幸"，重点在"诗"，而不是"家"。家国之大不幸，诗人个体岂能幸免？但诗人之不幸，往往能成就名篇佳作。杜甫说"文章憎命达"，欧阳修说"诗穷而后工"，王国维说"愁苦之言易巧"，他们是深得其味的。从文学史来看，多数大诗人、大作家，经历都十分坎坷；一帆风顺的人，很难写出传世之作。

杜甫生长于唐代开元盛世时期，早年意气风发，许多诗作充满青春豪情。安史之乱，杜甫经历了幼子饿死之痛，自己也居无

苏东坡像

定所，生活毫无保障。这个时期，杜甫的诗风有了极大的改变，更加贴近现实和社会底层，有了深切的忧国忧民情怀。他很多名作的题材都跟安史之乱有关，其中"三吏三别"、《茅屋为秋风所破歌》成为千古绝唱。正是人生之大不幸酿成的悲愤之作，才成就了一代"诗圣"杜甫。

柳宗元幼年遭遇藩镇割据战乱，成年后在政治上受排挤，多次遭贬，被抛入社会底层，生活坎坷困顿。但荆棘和陷阱造就的，却是中唐一流的思想家、文学家，在中国的诗歌史与散文史上，他都写下了浓墨重彩的一笔。

南唐后主李煜若非身逢家国之变，岂有"词帝"之殊荣？作为亡国之君，后半生的幽禁生涯，让长于深宫的他识得人情冷暖、世态炎凉，才得以创作出真正打动人心的杰作。尽管他以前也写词，但不过写些男欢女爱、风花雪月，格调不高，难登大雅之堂；国破家亡之后的作品，以思念故国为主，抒发亡国之痛，感情真挚、意境深远，艺术成就很高，被后人广为传诵。

苏东坡是冠绝一时的文学全才，在诗、词、散文等诸多领域都取得卓越成就，他的作品都是由自身的磨难凝结而成的。他虽没有经历国破家亡、离乱战火，但专制体制下官场的险恶对一颗敏感心灵的伤害，丝毫不亚于前者。

苏东坡在三次遭贬之后，写了诗作《自题金山画像》，前一句"心似已灰之木，身如不系之舟"，可见其心受伤害之深。苏轼一生，政坛上大起大落，落差令常人难以想象。十几年的贬谪生活是他生命中的主题。一生漂泊，暮年入蛮荒之地，他经受了无数的磨难。后一句"问汝平生功业，黄州惠州儋州"，既是自嘲也是自我肯定，贬谪在这三州期间是他政治上最为失败，生活上遭受苦难最多的时期，却也是他人生精神升华到极致，对人生意义哲思体会最为深刻的时期，更是他将苦难和思考凝结成一篇篇文学佳作的创作高峰期。

从屈原被逐而赋《离骚》，司马迁受宫刑而著《史记》，到曹雪芹家道中落而撰《红楼梦》来看，在一定程度上，中国文学史就是一部文人受难史。或者说，文人受难史就是一部文学发展史。但是，以文人不幸换来文学繁荣，对国家和民族来说，到底是幸还是不幸？

"天"生我才

台湾诗人余光中在《寻李白》中写道:

> 酒入豪肠,七分酿成了月光
> 余下的三分啸成剑气
> 绣口一吐就半个盛唐。

李白的诗作,瑰丽豪迈、雄视千古。在一定程度上,李白的气质就是盛唐的气质,难怪有不少人把李白看作盛唐的"形象代言人"。

李白在诗中说,"天生我材必有用",这是当时读书人的普遍感受。这个"天",不仅有读书人的天生禀赋,也有皇帝的"天恩"——初唐开放包容的体制,让大多数读书人能够找到存在感,有用武之地。

中国古代的人才选拔,从先秦时期的世袭、军功授爵,到汉朝的征辟、察举,再到魏晋时期的九品中正,然后发展到隋朝的科举制。到了初唐,李世民大力推广科举制度,打破世家大族对官职的垄断。原来搞九品中正，世家大族垄断了官职，崔卢李郑、王谢袁萧、顾陆朱张，都是这些人的子弟在做官。隋朝实行科举制只是开端，打破贵族垄断的效果并不明显。李世民将前代的科举制度加以发扬，创造出了一套行之有效的选拔人才制度，让寒门子弟有了更多出仕做官的机会。

唐朝的科举考试，除了必需背熟儒家经典才有可能通过的"明经科"外，还为那些有智慧有能力却不想背书的人留了通道——"进士科"。它对儒经的要求放得很低，只要求参加考试的人写诗、赋，或者写策文回答实际政治问题；同时，再从儒家经典中选取一些句子，要求考生填空，就像现在高考语文中的段落填空，只要填对，就算过关了。

如果一个人文采斐然，又对社会问题有独到见解，只要参加这个考试，就可以被授予"进士"出身，其待遇，甚至比"明经"出身的还要高。"进士"出身的人更加干练，能做事，因此比那些"明经"出身的学究更受朝廷重用。

进而，从唐高宗时期开始，进士科基本上不再读古文儒经，而是阅读当代人的时论，并比拼诗词歌赋。在这种风气的带动下，人们对于现世的关注超过了古代，这也造就了唐诗的发达，优秀诗人如雨后春笋，李白就是其中杰出的代表。

除了明经、进士这两大学位之外，唐朝还设有其他更实用的学位，供那些有专才的人考取。比如秀才科、明法科、书学科、算学科，分别为朝廷提供文学、法律、书法和数学方面的专门人才。后来又设立了史科、开元礼等，以提供史学和礼学等人才。

唐初宽松包容的科举制度为社会繁荣提供了足够的人才支撑，而在主流意识形态中掺入非儒家的因素，则导致思想文化领域的多元化。思想上的包容，是初唐繁荣的基石和根本。自汉武帝开始，儒家一直占据主流意识形态地位，这种状态从唐初开始改变。唐高宗把道家《老子》加入考试当中，唐玄宗时期还专门设立了道举科，考试的书目是《老子》《庄子》等道家经典。唐肃宗、代宗时期的宰相元载就是道举出身。他擅长道家学问，曾经参加过其他科目的考试，但总考不上；这时，恰好唐玄宗设立了道举，他一考就考上了。李白在思想上主要也是道家的。

　　初唐虽称盛世，却并不完美，也有遗憾。中国自古就有轻商的传统，开放包容如唐朝也不例外，致使热衷仕途的李白终生都没能参加科举。李白家庭世代经商，而唐朝法律规定，商人家的孩子不得入仕。李白最后凭诗才引起皇帝重视，经特批当了翰林待诏。但李白生性豪放，根本不适应官场。他终于流浪江湖，饱览祖国大好河山，从而留下了大量的杰出诗篇。或许这是另一种意义上的"造就"？

读书人的辫子

一代国学大师王国维，自投于颐和园昆明湖。王国维之死因，学界众说纷纭，莫衷一是：清廷倾覆，为其殉节；受叔本华哲学浸染，悲观厌世；传统文化崩溃，为其殉情；他人逼债，走投无路，等等。王国维之死，有个人因素，也有社会原因，但更多的是文化方面给了他致命一击。从他对待"辫子"的态度上可以窥斑见豹。

1912年3月5日，民国政府通令要求国民"限二十日，一律剪除净尽，有不遵者，以违法论"。在举国上下大兴"剪辫"之际，有学人却反其道而行之，依然我行我素地留着一条长辫子，其中便有王国维。对于脑袋后面的辫子，王国维还特别在意，打死都不肯剪掉。他的辫子，每天早上都是夫人帮着梳理。据他女儿回忆，有次她娘梳烦了，说："别人的辫子全剪了，你还留着多不方便。"王国维冷冷地说："留着便是留着了。"在王国维眼里，辫子已成为一种符号，具有文化的象征意义。

长辫子本是满洲人的象征，他们入关建立清朝后，严令汉人"留头不留发，留发不留头"。从此，中国男人都拖上了一根长

王国维

长的辫子。清廷把"辫子问题"绝对政治化，视为汉人顺服与否的标志。与此同时，清廷为了稳固统治，不断往满文化中融入汉文化，把自己打扮成中国传统文化的继承者。经过长期的洗脑教化，很多读书人把清廷看作了中国道统的传承者，"辫子"成了中国传统文化的象征。

王国维是前清秀才，清末曾任"学部总务司行走"。后来被废帝溥仪征召为"南书房行走"，算是当了一次"帝师"。王国维比溥仪还在乎辫子，溥仪在1921年已经剪掉了，而王国维却一直保留着。1927年，国民革命军逼近北京，王国维正在清华园教书，一个学生问他："国民军到了，先生的辫子有问题吧？"本来，剪掉辫子，问题就解决了，但王国维最终带着那根辫子跳入水中。

与王国维同为清华园导师的陈寅恪在《王观堂先生挽词（并序）》中说，当一种文化衰落的时候，为这种文化所教化之人，会感到非常痛苦。当这种痛苦达到无法解脱的时候，他只有以一死来解脱自己的苦痛。他认为这就是王国维的死因，是为我国固有文化而殉节。陈寅恪认为，中国传统文化的精神内核是"三纲六纪"。王国维觉得这种传统文化的精神价值，在晚清不能继续了，崩溃了，他完全失望了。因此，王国维带着辫子自沉，更多是出于一种文化情结。

当年朱元璋建立新王朝时，以江南士人为主的汉族知识分子自甘为前朝遗民，甚至有很多名士为元朝殉节。这些人的心态与王国维如出一辙，俨然把元统治者当成了中国道统的维护者。

元统一后，通过官方和民间的双向推动，作为儒学新发展的理学，成为官方认可的意识形态。元朝的科举考试，题目出自四书五经，经义都以宋朝理学家朱熹、二程的注疏为标准，欲科举入仕的各族士子都必须精心研读，这为遗民的产生提供了坚实的思想养料和心理基础。

元、清作为"外族王朝"，其"文化遗民"现象尚且如此，作为汉族王朝的宋、明，其末期这种现象更加突出。前朝遗民的文化情结，与该朝官方意识形态的汉化程度成正比。其实在中国古代，每个读书人心中都有一根无形的"辫子"，只是长短粗细不同而已。

书生自编的牢笼

偏安西北的秦国最终能灭掉六国，一统天下，有两个读书人至关重要，一为商鞅，二为韩非。商鞅变法，为秦建立起高效率的国家征战体制，兵戈所向，无不披靡。韩非的思想集法家之大成，是秦始皇嬴政建立君主专制的理论武器。然而，这两位成就秦帝国的书生，却都死于非命。他们在为秦王们构建帝国梦之时，也为自己编织了牢笼，最终陷入绝境。

重用商鞅的秦孝公去世后，其子惠文王即位。公子虔等人借机告发商鞅谋反，秦惠文王于是派人捉拿商鞅。商鞅逃亡至边关，欲宿客舍。客舍主人不知他是商鞅，见他未带任何凭证，便告诉他说"商君之法"（即商鞅之法）规定，留宿无凭证的客人是要"连坐"治罪的。商鞅感叹制定的新法竟然贻害到了这种地步。早知今日，何必当初？

为给军事征战提供源源不断的资源，秦国对社会实行全面的控制，什伍制度便是手段之一。这是一项军政结合的措施，还是一项人身控制的手段。秦按什伍组织将百姓编制起来。同伍之人互相有监察纠举、告发犯罪的职责；如果没有举告，则要连坐。

家属连坐，以户为限，同居、同室、同户之内，一人有罪，其余人连坐；邻里连坐，一家有罪，四邻连坐。互相监察纠举、有罪连坐的律令，最初是用于军队，后来与什伍制本身一样扩大到整个社会。

此外，秦国还建立了严格的户籍登记制度。登记在户籍上的人口，必须为国家服役和纳税，不得任意迁徙。通过户籍，每个人从出生一直到死，都处于国家的控制和管理之下。因此，逃亡途中的商鞅没有凭证，惧怕"连坐"的客舍主人不敢留宿他。商鞅为秦国人编织了专制之网，自己却也做不了"漏网之鱼"。他后来被秦惠文王处以"车裂之刑"。

商鞅虽死，他所推行的新法却并没有被废除，而是一直影响着秦国乃至以后的秦朝。

如果说商鞅更多是实践家、政治家，那么韩非则是理论家、思想家。

韩非本是韩国王族的公子，曾经和李斯一起在荀子门下学习。他继承了商鞅、申不害、慎到等人的法家思想，而自成一家之言。他建立了一套法、术、势的理论体系，极力推崇君主集权制，主张以严刑苛法控制社会。韩非的著作传到秦国，秦王嬴政看了大加赞赏。李斯向嬴政介绍了韩非。于是嬴政发兵攻打韩国，韩国迫于压力，遣韩非入秦。韩非的核心思想之一是，君主不能信任臣下，得用权术驾驭。深得韩非学说精髓的嬴政，自然不会信任和重用韩非。韩非受到李斯等人的陷害，自杀身亡。权术阴谋理论大师死于权术阴谋。

韩非虽在秦国被害死了，但嬴政统一六国之后，采取的好些政治措施，却是遵循着韩非的遗教。例如焚书坑儒、钳制思想、残酷镇压人民、用术控制臣下等等，把韩非思想中阴谋残暴的部分运用起来了。秦始皇是如此，他的儿子和孙子也都信奉韩非的学说和商鞅之法。不但秦王朝如此，后来的封建统治者都将这些奉之为圭臬。被装入专制牢笼的，不只是广大黎民百姓，还有一些作茧自缚、为专制制度添砖加瓦的读书人。

一厢情愿的理想

王朝衰败、社会剧变之际，一些胸怀信念和理想的士人，把重建秩序的希望寄托在某个新强人身上，对其事功竭尽全力、推波助澜。大势已定之后，他们却发现，结果并不是心中想要的"理想国"。

刘歆是西汉王朝刘氏的宗亲，他生活的时期，西汉王朝已显衰败之势，政治逐渐僵化，权臣把控朝政，社会政治中充斥着无力感。刘歆是思想深刻的饱学之士，他认为，如果想要恢复盛世，必须走复古之路。在他眼中，周制充满理想主义，对医治势利贪婪的社会，是一剂良药。他的观点包括：在哲学上，推行周代的教育系统，把古文经当教材；在政治上，重新实行周代的官制，完全恢复周代的官名；在经济上，仿照周代的井田制，重新实行土地公有制。但这些思想不被当时僵化的官僚系统所接受，他被排挤出中央，到地方任职。

刘歆对汉代社会的革新能力不再抱希望。他为了推广自己的理论，投靠了王莽这个看起来更加锐意改革的人。此时，王莽为大司马。为了让王莽有足够的权力推动改革，刘歆与同党一起造势，帮助王莽当上了安汉公，后来又助他获得"宰衡"这个称号。其他人也纷纷效仿，讨王莽欢心，呼吁王莽当上"代理皇帝"。刘歆并不希望王莽篡汉自立，只是想借助他推行改革。但事情已经失控，王莽当上了真皇帝。刘歆无可奈何，只能指望王莽继续用自己的理论来治理国家。王莽的改革食古不化，引起社会混乱，各地揭竿而起。刘歆希望投靠新崛起的刘秀，继续推行他的理论。他参与了刺杀王莽的行动，但以失败告终，他被迫自杀。

荀彧是东汉末期的杰出人才，最初他被袁绍讨董匡汉的口号所吸引，投到袁绍帐下。经过短暂接触之后，他就果断弃之而去，投奔曹操。袁家四世三公，势力庞大，袁绍曾无限地接近终结乱世复兴汉室的目标，但随着他的实力愈加强大，他也逐渐蜕变得只关心自身利益。

与昏聩的袁绍相比，曹操英明果断，极具执行力；更重要是，还保持理想主义。所以荀彧竭力辅佐曹操。曹操在建安十五年（210）末发布的《让县自明本志令》中指出，他的终极目标是，在衰颓的国家中，重建汉王朝的权威，而在自己和家庭方面，只求能够安全。为显示自我约束，他放弃了四个封县中的三个以及三分之二的食邑。这时的曹操，是荀彧眼中平定乱世、复兴汉室的理想人选。荀彧基本上帮曹操攒出了完备的文官班底，荀攸、郭嘉、陈群、司马朗等重要谋士，皆由荀彧推举、引荐而加入，他们为曹操立下了汗马功劳。

随着曹操势力一点点地壮大，群敌纷纷被灭，而曹操身上的理想主义，也逐渐凋零。曹操封公称王，加九锡，一步步突破底线。曹操虽然有所顾忌，没有称帝，但很明显，他根本没想要帮助汉室重建威望和秩序。这令荀彧非常失望。曹操的亲信董昭要荀彧草拟文告，赞美曹操扶汉匡正的功绩，荀彧却提出了反对意见。曹操甚为不悦，免去荀彧的尚书令这一有特殊影响力的职务，并将他置于自己的直接控制之下。据记载，荀彧最终抑郁而死，也有史书说是被曹操逼迫自杀的。

刘歆和荀彧的悲剧，说明了理想和现实、士人与权力的紧张关系。士人怀抱理想，不满现实，寄托强人革故鼎新；枭雄觊觎王权，借助士人的知识理论和影响力。枭雄的"理想"一旦达成，士人的"理想"也就成了泡影。把"理想"托付于枭雄，大多只是一厢情愿而已。

改革家的禅诗

云从钟山起，却入钟山去。

借问山中人，云今在何处？

云从无心来，还向无心去。

无心无处寻，莫觅无心处。

以上这两首诗充盈着佛教的空无思想，但其作者并不是哪位高僧，而是北宋改革家王安石。这也并不是他偶尔为之，而只是其众多禅诗之一。从改革家到佛禅诗人，从王安石身上，似乎可以窥见古代改革派和历次改革的宿命。

王安石为了扭转北宋积贫积弱的局势，以其惊人的胆识和意志，发动了自商鞅变法以来最大规模的一次改革。"天变不足惧，祖宗不足法，人言不足恤"是他的改革宣言，也是他的精神信仰。这时的王安石，是何等的雄健豪迈，似乎泰山都压不倒他。

改革必然打破传统，调整利益格局。王安石的改革，触犯了保守派的利益，引发强烈抵触。两宫太后、皇亲国戚和保守派士大夫结合起来，共同反对变法。王安石在熙宁七年（1074）第一次被罢相，复相后仍得不到更多支持，于熙宁九年（1076）第二次辞去宰相职务，从此闲居江宁，隐于钟山。

元丰七年（1084）春季的一场重病，使王安石更加消沉，他觉得几年以来经营的半山园和附近的几百亩田产，全是一些累赘，便把半山园改作僧寺——报宁禅寺，并把在上元县境所购置的田地一律割归钟山的太平兴国寺所有。王安石一家，只是租住秦淮河畔一个小小的独院。

对王安石变法，历来有争议，褒贬不一。变法过程中确实存在弊端和不足，由于用人不当、急于求成，出现了新法扰民损民的现象，与王安石变法的初衷"去重敛，宽农民""国用可足，民财不匮"大相径庭，而且造就了一批政治投机分子。但是，任何改革都不可能是完美的，总是利弊并存、瑕瑜互见。衡量改革的关键，是看社会主流和历史大势。实际上，新法的一些措施已经取得良好效果，得到社会认可。比如"青苗法""免役法""方田均税法"等，让国家财政收入得到高速增长，有效减轻了农民负担；"将兵法"让大宋军队战斗力得到大幅提高，并在和西夏的战争中取得重大胜利。

但是，保守派司马光上台执政后，却把新法比之为毒药，不择优劣全部废除，同时还对变法派进行无差别打击。

王安石听说司马光拜相，心情变得忧惧，常常绕床终夜，不能成眠。当他闻悉废罢"市易""方田均税"和"保甲诸法"

时，还能强作镇定，及知"免役法"也要废罢，恢复以前的"差役法"时，王安石愕然失声道："亦罢至此乎？"他不解："免役法"是真正的利民之法，为何也要废除呢？

事实上，司马光对新法的看法过于偏激，有的纯粹是为反对而反对，把新旧党争，沦为意气及权位之争，不再着重于国政民生。不只是司马光和北宋朝廷如此，古代历次改革都没有走出权斗的阴影，改革派大都下场不好。前有商鞅被车裂、吴起被箭穿，后有张居正身后被抄家。专制体制中，理念之争的实质，是权力之争、利益之争。

"免役法"的废罢和"差役法"的复行，是元祐元年（1086）春季之事，其时王安石已在病中。继此之后，从开封传来的种种消息，使他更加忧心如焚，病情也日益加重。

从五十五岁罢相到六十六岁去世的这十一年间，王安石常与高僧相伴，读经参禅。这个时期的诗作，摆脱了早中期的功利和进取，而呈现出空灵和虚无。从闹哄哄的官场，退到平静的山林，王安石看到世界是空蒙蒙的一片。正如前面那两首诗所写：心中是空旷的，从哪里来，还到哪里去，无心寻找任何东西，这里本来就无什么可寻找。

王安石不是一个普通诗人，而是有政治抱负的改革家。与其他从官场败退下来遁入空门的失意文人不同，王安石的这种淡漠心境，是来自看破官场名利的超脱，更是源于对改革理想的幻灭。

神仙宰相不信神

李泌是唐朝中期的谋臣和学者。他博涉经史，精研易象，尤其喜好老子学说，经常跑到华山、终南山等地寻仙修道，捣鼓长生不老之术，终年吃素，被称为"神仙宰相"。

李泌平生好谈神仙怪异，曾当着客人的面吩咐家人打扫卫生，说晚上神仙洪崖先生要来家住宿。有一次，某位侍郎送他一壶酒，他却对客人说，这是女神仙麻姑送来的。正饮酒间，守门人禀告他说侍郎派人来取壶。他便将酒倒出，交还酒壶。面对客人怀疑的目光，他毫无愧色。

因此，时人对李泌颇有微词，说他太迷信神仙——其实这是对他的误解，这些只是一位杰出谋臣的表象。他接连辅佐三代皇帝，几度享有宰相之权。他二度出任于危艰之时，又多次隐退于危艰之后。他是一个历史传奇，前无古人，后无来者。

李泌深得唐玄宗赏识，令其待诏翰林，为太子李亨的属官；后遭宰相杨国忠忌恨，只得归隐名山。安史之乱时，唐肃宗李亨即位后，召李泌参谋军事，宠遇有加；但不久，他又被权宦李辅国等诬陷，只得再次隐居衡岳。唐代宗即位后，他被召为翰林学士，又接连受宰相元载、常衮排挤，被外放至地方任职。唐德宗时，他得以入朝拜相，参与筹划内政外交，对内勤修军政，对外联结回纥等国遏制吐蕃，达成"贞元之盟"，安定边陲，保证了唐帝国贞元时期的稳定。他累官至中书侍郎、同平章事，封邺县侯，病逝后获赠太子太傅。

既能建功立业，又能全身远祸——迷信之人岂有如此过人智慧？事实上，李泌并不信神。从他对德宗的两次劝谏中，可以窥见他的真实内心。

《资治通鉴》上记载有这样一件事。有人给德宗上疏说：我遇见了战国时期秦国的名将白起，他让我上奏朝廷，说他要为国家守卫西部边陲——正月间吐蕃定将内犯，他要破敌以取信。当吐蕃内犯时，被唐的边将打败，未能深入内地，德宗以为白起的事应验了，要在长安为白起立庙祭祀，并赠封为司徒。李泌对德宗说：古人说国家将要兴盛，听取百姓的意见；将要败亡，才听从神的旨意。现在将帅立了功，陛下不表彰他们，却要褒赏死去千年的白起，恐怕将帅们会为之寒心，涣散斗志。如果在京师立白起庙，大事祈祷，传到各地，将会助长巫风。由此可见，李泌不信鬼神信将帅。

德宗建中年间，奸臣卢杞为报私仇，杀了宰相杨炎；排挤颜真卿，让其死于叛乱藩镇将领之手；又激李怀光反叛。谈起这次之乱，德宗说：建中祸乱爆发前，术士已经预言过，请预先增修奉天城。可见祸乱是天命，不能由卢杞负责。真人面前不说假话，李泌说：天命一般人可以说，只有君王和宰相不可以说，因为君王、宰相是制造天命的。如果君王、宰相也说天命，那么礼乐刑政还有什么用？既然天命是人"制造"出来的，自然是不可真信的。德宗听后表示以后不再说天命。

李泌同德宗谈论白起庙、天命等问题时，表现出了政治家的理智和清醒。他平素弄得神乎其神，不过是谋士的障眼法和韬晦术：一方面，道教是唐朝国教，修炼道教，表面上与官方意识形态保持一致；另一方面，道家是出世之说，习道家，知进退，可以远离官场灾祸。而且，他也确实向往道家的生活方式——回归自然，遗世独立。

"三字经"成就苏东坡

《三字经》有言："苏老泉，二十七，始发愤，读书籍。"苏老泉即苏东坡的父亲苏洵，号老泉，小时候不想念书，二十七岁才开始发奋学习。苏洵不但自己学有所成，还言传身教，把儿子苏东坡、苏辙培养成才，其中以东坡的成就最为卓著。东坡的一生，也似乎与"三"结下了不解之缘。

宋仁宗嘉祐初年，东坡与父亲、弟弟三人来到东京（今河南开封市）。由于欧阳修的赏识和推崇，他们的文章很快著名于世。士大夫争相传诵，学者竞相仿效。宋人王辟之《渑水燕谈录·才识》记载："苏氏文章擅天下，目其文曰三苏，盖洵为老苏、轼为大苏、辙为小苏也。""三苏"称号由此而来。父子三人被列入"唐宋八大家"，成为文坛千古佳话。

东坡是一位天才的文学巨匠，文、诗、词三个方面均取得非凡成就：散文著述宏富，豪放自如，与欧阳修并称"欧苏"；其诗题材广阔，清新豪健，善用夸张比喻，独具风格，与黄庭坚并称"苏黄"；其词开豪放一派，与辛弃疾同是豪放派代表，并称"苏辛"。

东坡还是罕见的文学、书法、绘画三科全才。书法方面，他以整幅布白的自然洒脱天趣，取代以牵丝取胜为特点的晋魏风范，开创了以刚健婀娜、丰腴圆润为风格的"苏体"，是书法"宋四家"之首。在绘画方面，他是中国文人画开创者之一，尤擅墨竹、怪石、枯木三种。

东坡不仅是一个百科全书式的文人，还是一个有情怀的政治家。任职地方官时，他勤政爱民，造福一方百姓。在朝中，他有志于改革朝政，坚持自己的政治主张。他敢于直言，对政治弊端不姑息，勇于批判社会现实，因而屡次被贬。东坡在《自题金山画像》一诗中这样写道："心似已灰之木，身如不系之舟。问汝平生功业，黄州惠州儋州。"东坡总结自己的一生，用三个被贬之地进行概括自嘲。不过，正是在被贬黄州、惠州、儋州的流浪中，东坡走向了文学巅峰——大部分代表作都是在这些地方写就的。

东坡的坎坷一生，一共有三个女人陪伴，巧的是她们都姓王：妻子王弗、继室王闰之、爱妾王朝云。王弗幼承庭训，颇通诗书，十六岁嫁给东坡。她对东坡关怀备至，情深意笃，病逝时才二十七岁。东坡为她写的悼亡词《江城子·乙卯正月二十日夜记梦》，"十年生死两茫茫，不思量，自难忘……"成为千古名篇。王闰之陪伴苏轼走过了人生起落、宦海沉浮的二十五年，始终不离不弃。她陪伴东坡时，东坡跌落至人生低谷，她是东坡从失意中走出来的情感依靠。东坡被贬海南后，侍妾大都散去，只有王朝云陪他来到蛮荒之地，她是东坡晚年生活的慰藉，是他最落魄时期的精神支柱。

东坡的成就和人格，与他丰富博大的思想密不可分。他吸取了儒释道三家的思想精髓：他信奉儒家仁民爱物、经世济民的政治理想，对尘世怀有热爱，对生活抱有积极态度；他深得道家风范，生性放达、为人率真，进退自如；他钟情佛学，与佛门弟子交往密切，在佛教思想中寻求精神的皈依。

东坡对儒释道既扬长避短，又着意让它们相互融通，将它们注入自己的生命中，从而形成了独特的生命形态：有儒家之骨，却没有失去真性；有道家之血，却没有消极避世；有佛学之魂，却没有厌倦人生。"儒骨""道血""佛魂"共同组成了东坡完美的人格。

归隐的险途

中国的隐逸文化博大精深，关于隐士的记载也大量充斥史书，几乎每个朝代都有著名的隐士。他们或天性自由，钟情山野；或沽名钓誉，欲显先隐；或功成身退，全身远祸。有所谓隐于朝的"大隐"、隐于市的"中隐"、隐于野的"小隐"，也有欲隐而不得的"死隐"。

是选择闻达于诸侯，建功立业，还是选择归隐林泉，做闲云野鹤，本是读书人的自由。但这种自由，不是每个时代都有。

社会上的名望之士，是统治者，特别是权力来路不正的掌权者极力笼络的对象。他们妄图以名士的归附，来建立起自己统治的正当性和合法性。但保持思想贞节的名士宁可选择山林归隐、粗茶淡饭，也不愿屈身强权，以图荣华。对这样的名士，掌权者往往会恼羞成怒。因此，在这样的时代，名士的归隐之途，多半是死亡之路。王蠋是中国历史上早期一个归隐而不得的典型例子。

王蠋乃战国时期齐国的一位著名隐士。当燕国军队侵占了齐国大部分领土时，燕王下了一道命令：为表示对王蠋的尊敬，任何人都不准进入他所居住的城镇三十里以内的地方。然后他们许诺封王蠋为拥有万户之采邑的将军，并威胁如果他不接受的话，就要屠杀他家乡的居民。王蠋的回答是，因为齐王不听他的劝谏，他只好退隐乡下耕田，如果一定要他接受燕国的要求，那他宁可去死——他最终上吊自杀。

西汉和东汉的后期出了很多著名隐士，也有不少隐士死于掌权者之手，这与该时期的政治气候有关。西汉和东汉的末期，外戚与宦官专权，政治走向衰败。大道不存，加上宦海险恶，士人纷纷退隐，拒绝做官。但反复拒绝做官的危险性，并不比在官场做官更小。

李业是西汉的一位著名学者，被朝廷任命为郎官。王莽掌权后，李业以病为由辞官。他闭门不出，不理会州郡官府要他到京师去的征召。太守强迫他应召，让人用担架把他抬去。王莽任命了李业一个官职，但是他托病未到任，而是跑到山谷里隐居去了。军阀公孙述盘踞西部地区后，也曾征召李业，但李业连续几年都不予理会。最后公孙述派人带毒药去见他，给他两个选择：要么接受显赫的职位，要么把这毒药喝了。李业选择了后者。与此相似的还有王皓和王嘉。王莽篡汉后，这两个人都辞了官，也都拒绝响应公孙述的征召，最终宁可自杀也不肯屈服于强权高压。

与公孙述相比，东汉后期权臣梁冀对待那些敢于抗命的隐士更加凶残。郝絜和胡武从汉桓帝初期开始就是朋友，都志向高远，都对仕途不感兴趣。郝絜一生高洁，从不接受别人的任何东西，到妹妹家吃顿饭临走也要悄悄地把钱留下；在路上渴了，喝了路边井里的水，也要往井里投枚钱币。由于郝絜和胡武不理睬梁冀的征召，梁冀大为不满，就杀死了胡武及其亲属六十人，郝絜则被逼自杀。

东汉灵帝死后，董卓掌握了权力，更加变本加厉，即使是最著名的人士也得小心，很少人敢于抗拒征召，尽管他们对董卓的所作所为都不赞成。当时那些品行高洁的著名人士，如荀爽、蔡邕、韩融和陈纪等，都无法逃脱，因此都遭受了董卓之乱的灾难。

大道彰显，政通人和，固然令人神往；但如果这些只是奢望，那么能够守护心中的"桃花源"，做"采菊东篱下，悠然见南山"的陶渊明也不错，毕竟社会有选择的自由。有包容，就有希望。东汉开国皇帝刘秀造就"光武中兴"不是偶然的，他对名士严光一直给予极高的礼遇，直到他去世；尽管严光宁可过着俭朴的隐居生活，而不愿接受朝廷给他的显赫职位。当然，如果一个社会连人们想做隐士的权利都予以剥夺，那这个社会就只剩下虚妄和绝望了。

竹林七贤的不同选择

魏晋之际，在山阳（今河南修武县）的一片竹林里，聚集着一群文士，以其鲜明的人生态度和独特的处世方式引人关注，成为魏晋时期的一个文化符号。他们就是被称为"竹林七贤"的嵇康、阮籍、山涛、向秀、刘伶、阮咸和王戎。他们聚饮时，谈玄清议，吟咏唱和，纵酒昏酣，遗落世事，我行我素。但他们的政治态度及应对环境的方法各不相同，最后结局也不一样。

他们生活的时代，基本是曹魏政权开始受到司马家族威胁并面临改朝换代的时代。七贤中最具代表性的人物是嵇康，他打出"越名教而任自然"的旗号，公开蔑视礼教，鄙薄世俗，胆识惊人，毫无顾忌，名士都以与他同游为幸，视他为"精神领袖"，他也是司马氏极力拉拢的对象。

嵇康是一个正直的学者，痛恨司马氏的倒行逆施；他又是魏室的姻亲，在感情上同情曹魏皇室。痛苦彷徨之际，他模仿屈原《卜居》，写了一篇《卜疑》，借虚拟的宏达先生之口提出疑问：我是竭尽忠诚在朝廷秉正执言，绝不屈服于王公权贵呢，还是小心翼翼地秉承旨意、胆怯地顺从呢？是平易近人、胸怀宽容，施予恩惠而不声张呢，还是争名逐利，与小人苟合呢？是隐居而行义事，将一片至诚推而广之呢，还是文过饰非、保有虚名呢？是斥责驱逐凶恶邪曲之人，始终刚正不阿、是非分明呢，还是欺世玩世，用尽心机，为他人出歪主意呢？是宁可以王子乔、赤松子这样的仙人为伴，还是与伊尹、吕尚为友呢？是宁可隐藏鳞片的光彩，像蛟龙潜于深渊一样，还是高飞长鸣，像云中的鸿鹄那样呢？……其核心内容便是仕与隐的问题。嵇康绝不选择与司马氏合作，结果被构陷杀害。嵇康之问，也是其他士人面临的问题。

刘伶有过几次短暂的入朝和参军经历，但他仍然维持着邋遢作风，后来晋武帝司马炎把他召去策问，他仍然坚持宣扬无为而治，与皇帝对着干，结果被赶走。刘伶在酒坛里度过余生，保留了在竹林时期的气节。

阮籍寄情山水，不问世事。司马氏为了拉拢阮籍，想和他结亲，阮籍大醉六十天，让提媒的人没有机会说话。司马炎篡位时，把写劝进表的任务交给阮籍。司马炎派人去取时，却发现他趴在案上醉了，什么都没有写，于是把他摇醒，让他在醉中强行写一篇。阮籍只好完成任务。

嵇康死后，作为嵇康密友的向秀也成了目标。为了避开司马氏的迫害，向秀不得已应诏担任了一些闲职。但他选择了做官不做事，以消极抵抗的方式度过了危机，也保留了自己的气节。

阮籍的侄子阮咸，生性放达，无拘无束，虽然挂着官职，实际上却远离官场，过着自己的日子。他钻研音乐，完全不去考虑官场的钩心斗角，只做自己喜欢之事。

山涛虽然也读老庄，却并不反对出仕。当初弃官，更多是出于自保，避开司马氏与曹爽的争斗。一旦确定司马氏胜利，山涛便意识到必须投靠他们，于是再次进入官场。山涛能够识人，向朝廷进荐了大量人才。最后山涛官至司徒，安然善终；死时家无余财，是士大夫的榜样。

官瘾最大的王戎，是七贤中的异类。他年轻时乐于参与竹林宴游，随着司马氏得势，他很快就奔赴官场。他位至司徒，晋身最高官员行列。他有很强的私心，是个财迷，购置了大量田产。后因派系之争而失去官位，又因战乱而颠沛流离，死于逃亡途中。

从他们七人对待现实政治的态度来看，大体上可以如此排序：王戎、山涛、阮咸、向秀、阮籍、刘伶、嵇康，越往后越排斥政治。嵇康天性难驯，反抗激烈；刘伶倔犟强硬，不肯低头；阮籍心有原则，委蛇自晦；向秀逊辞屈迹，以求避祸；阮咸疏离政治，自娱自乐；山涛借势出仕，以建功业；王戎依附权力，谋取富贵。

俗话说，林子大了，什么鸟都有。"竹林"不大，却尽现士人之态。一直以来，这个群体是蔑视强权、追寻自由的精神象征，但其实我们也可以从中窥见士人面对政治和权力的复杂面相。

谋士的境界

古代有个特殊的群体——谋士。雄主争夺天下，少不了读书人的出谋划策；读书人想要建功立业，借助雄主是必然选择。谋士与君主，共享荣华者少，兔死狗烹者多。智者往往选择功成身退，如汉朝的张良。明朝陈遇也是这样的谋士，但远不如张良有名。

在辅佐朱元璋角逐天下的谋士中，为人熟知的是朱升、宋濂、刘基等人，很少人知道陈遇。

陈遇是金陵人，天资聪慧，笃学博览，精通象数之学。元朝末年，他在温州府学担任教授，眼见群雄竞起，元朝摇摇欲坠，便弃官归隐故里，在明道书院当山长。他平时闲居一室，读书研学，被人称为"静诚先生"。

朱元璋攻占集庆路后，将其改名为应天府，开始征召读书人。当地名士秦从龙举荐了陈遇。朱元璋与陈遇一番谈论后非常高兴，把他留在了身边。陈遇辅佐朱元璋长达二十多年。在朱元璋创立明朝的大业中，陈遇参议大计，贡献甚伟。

朱元璋对陈遇尊宠甚隆，称其为先生而不指名道姓，常常赐其以酒食，并命人用皇家马匹送其回家；后又赐轿子一顶、卫士十人护送其出入。朱元璋还三幸其家，这真可谓"宠礼之隆，勋戚大臣无与比者"。

古代的读书人，莫不以加官进爵为人生目标，但陈遇是个另类，朱元璋先后八次欲授给他官职，都被他推辞掉。

朱元璋自立为吴王后，授陈遇为供奉司丞，官秩为次五品。陈遇辞之。朱元璋称帝后，先后三次授陈遇翰林院学士，陈遇均辞之。洪武三年（1370），陈遇奉旨至浙江巡察民情，三个月中，他深入民间了解情况，回来后便写了一份考察报告。朱元璋看了龙颜大悦，欲任命他为中书左丞，陈遇辞之。第二年，朱元璋命其起草《平西诏》，并欲授其礼部侍郎兼弘文馆大学士之职，陈遇复辞；又授以太常寺少卿之职，陈遇仍坚决不受；不久，又授其为礼部尚书，陈遇又坚辞。朱元璋见他自己不肯做官，便要他的儿子出仕。陈遇却婉拒说，自己的三个儿子皆年幼，学业未成，等到将来再说。朱元璋沉吟良久，从此不再强求。

陈遇的睿智，就表现在他深知"伴君如伴虎"和"无官一身轻"。多次辞官让他获得了朱元璋的信任，也避免了同僚间的争斗和倾轧。同为立下功勋的谋士，李善长并处死，宋濂被流放后病逝。他们都未得善终。陈遇虽布衣一生，却安享天年。

陈遇去世后，朱元璋下旨赐葬钟山北麓。葬在这里的，都是明代开国功臣，如徐达、常遇春——不是王侯就是高官，只有陈遇是一介布衣，可见他在朱元璋心中的地位。

万历十七年（1589）状元金陵人氏焦竑在《焦氏笔乘》中称陈遇是"今之子房"。当年张良被封留侯，他目睹彭越、韩信等功臣的悲惨结局后，才决定隐退。陈遇却始终头脑清醒，没有接受封任何爵位。

陈遇不仅自己功成不居、淡泊名利，还多次劝朱元璋少杀人，少征收赋税。这些建议大都被朱元璋采纳。明人沈德符在《万历野获编》中把陈遇和刘基、宋濂相比较，说他"品之高、见之卓，有刘、宋诸公所不及者"。

陈遇不仅有大智慧，还有悲悯之心；岂止是刘基、宋濂之辈所不及，恐怕连张良也会自叹不如。这大概就是谋士可能达到的至高境界吧。

朝有冻死"骨"

徐铉是五代时期屈指可数的学者型文人，博学多才、著述颇丰。他还是一位累仕多朝、历经宦海沉浮的政治家。就是这样一位杰出人物，竟死于"冷疾"，即冻死——不是因为贫困，而是因为理念。

据记载，徐铉的病，源自他独特而固执的穿衣习惯——他一生都坚持穿汉服。南唐国破，徐铉随后主李煜从江南来到宋廷国都汴梁。寒冬腊月上早朝，同僚们都穿着大皮袍，他却穿着在南方冬季常穿的薄棉袄，自然冻得瑟瑟发抖。同僚劝他穿皮袄保暖，他却认为，穿皮衣是五胡乱华时留下的乱世风气，自己作为堂堂天子近臣，饱读圣贤之书，绝不能穿这种外族服装。由此，他不可避免地染上了"冷疾"。

徐铉的命运与其性格紧密相关。不幸生在乱世，他却始终坚守自己的人格和价值观，所撰《晁错论》一文，体现了他的人生理念和价值观。晁错为加强皇权主张削藩，导致天下大乱，因此被汉景帝腰斩。有观点认为晁错是被枉杀的忠臣，也有观点认为晁错是咎由自取。徐铉在文中首先肯定了晁错的忠诚，并责难景帝的"以错为说";同时，他认为晁错自身也有失臣道，为了个人功业与私人恩怨而不顾公家大义。在儒家的人格理想中，义是非常重要的元素。顾全大义，是徐铉一生的行为准则。

975年，南唐危如累卵，徐铉代表李煜出使宋廷向赵匡胤求和。徐铉深知此行危险指数之高，此前南唐司空孙晟奉使后周被后周杀害。为了国家的命运和前途，徐铉置生死于度外。在大宋朝堂之上，徐铉毫无畏惧，斥责赵匡胤发动侵略战争，不符合人道天理。他反复恳请赵匡胤缓兵，给南唐一条生路。赵匡胤说出了那句暴露专制君主私念的心底话："卧榻之侧，岂容他人鼾睡乎？"

南唐灭亡后，徐铉被迫随后主归宋，赵匡胤斥责他为何不早奉后主投降，徐铉却说，"臣为江南大臣，国亡罪当死，不当问其他"，表现出他对故国君王的耿耿忠心。赵匡胤欣赏他的忠诚，给了他官职。

宋太宗赵光义上台后不久，李煜不明不白地死了，按照当时的礼仪，应有人写一篇墓志铭——写作任务交给了徐铉。这篇墓志铭不好写。按墓志铭的写作惯例，应该把李煜抬得高一点，但这可能招来杀身之祸；如果谄媚大宋政权，把李煜贬得过低，又会违背自己的处世原则。徐铉向猜忌成性并有害死李煜嫌疑的赵光义提出自己的条件：允许他在文中表达与李煜曾经的君臣之义。这是一个大胆的请求，也说明徐铉有着"不以炎凉为去就"的风骨。归宋的南唐旧臣为了自己的仕途，对李煜唯恐避之不及，哪有人敢谈故主之义？但徐铉这不合时宜的要求，从道义上而言却并不过分，于是赵光义答应了。

徐铉在墓志铭中申明了李煜的无辜，字里行间寄予了对他的无限同情，并将亡国之痛隐藏其中。大概文中用典和一些对新政权礼仪性的赞颂吸引了赵光义的注意力，他并没有发觉徐铉真正的情感倾向和政治态度。徐铉再一次用执拗与正直，捍卫了自己的人格与价值观。

孔子说，"岁寒，然后知松柏之后凋也"。挽狂澜于既倒，是一种大力；在狂澜既倒面前，依然铁骨铮铮，是天地间的大勇。"路有冻死骨"揭露的是贫苦百姓的生活。作为朝廷官员，买件皮袍御寒不是难事。再说在时人看来，穿皮袍也不是一件丢人的事。徐铉把穿衣服上升到讲政治的高度，是在向时人表达自己内心的坚守。

弃儒与继儒

陈继儒，号眉公，明代文学家、文艺批评家、书画家，华亭（今上海松江）人。他自小天资聪颖，二十岁时，由于才华出众，当地县令及当朝首辅徐阶先后接见了他。但他三次参加科举考试，结果都不理想，没有考中举人。二十九岁时，他烧掉自己的儒服，决心放弃仕途，归隐山林。

儒生通过考试进入官场，始自汉代。汉代建立了儒教，只有学习这套理论的人，才能进入官僚体系。儒教成了庙堂的思想统治工具。随着元代科举考试将朱熹理论树为正统，道学开始影响人们的方方面面，社会失去了思考能力。到了晚明，占统治地位的程朱之学呈萎靡之势，兴起了高扬个性的心学。新思想唤醒了士人的主体意识，他们重视精神自由，厌恶死板的科举人生，冲破"学而优则仕"的儒者人生方式，不再视科举为实现自我价值的唯一途径。

陈继儒明白，再走科考一途，已无多大意义，局势混浊不堪，自己即使有才能，也难以施展。很多士人为考科举而耗尽心血，却不能如愿以偿。何况仅凭一篇文章，也并不能真实全面地反映士子的水平。陈继儒才华全面，不只诗文俱佳，还擅长书画，而科举考试的内容与形式单一，若在科举考试上耗费大量的时间和精力，自己的兴趣爱好难以得到发展。

陈继儒隐居后，自己设馆招授学生。他或吟诗作赋，或整理书籍，或品评书画，自得其乐。但身为隐士的他，却没有完全忘情世事，他是身隐心不隐。他从小就饱读诗书，十几年的儒家传统教育，让他怀有强烈的济世理想。归隐山林，从表面上看，是抛弃了儒家齐家治国平天下的人生理想，但实际上他依旧关心人间百姓疾苦，仍旧助人为乐，这体现出他有着知识分子忧国忧民的儒家思想。

万历十七年（1589），由于天灾人祸而闹饥荒，陈继儒上书官府请求赈灾。次年，饥荒还是非常厉害，他又多方奔走，请求支援。在他的带动下，有人捐资十万来帮助饥民。陈继儒自己没有更多资财，就叫人为吃不上饭的寒士煮粥，让他们能够安心学习。万历三十六年（1608），地方又闹饥荒，陈继儒向官府申请赈灾未果，便叫人设下大锅，给饥民煮粥。这种做法带动了更多人以米、豆、饼等相助饥民。由于乐善好施，陈继儒得到了众多百姓的爱戴，在他原先住过的澄鉴寺，寺僧为了报答他的德行，专门修了一座桥，取名为"眉公桥"，来褒扬他的善行。

陈继儒的济世之心从未断绝，因而被时人冠以"山中宰相"的称号。松江府修志，他以七十高龄任总编纂。朝廷党争、阉党乱政、矿税使扰民、女真南下、倭寇入侵，他无不关注，有时甚至为此不寐不食。他的《赈荒议》《田赋八故》《三大役议》

《吴淞江议》《建州考》等文章，都展现了他心忧天下的儒家风范。

陈继儒的思想，融汇了儒佛道。佛道思想使他在乱世中，能够保持淡定心态和独立人格。儒家思想使他即使身为隐士仍然心忧天下。对儒家，他也能够辩证地对待，既决然摆脱它的教条和束缚，又继承和发扬其济世爱民的传统。这或许是陈继儒在当时能够引领士林风尚的主要原因。

钱谦益的隐痛

钱谦益是明末清初的文坛领袖，集学者、诗人、古文家和诗论家于一身，他对经史、释、道都有深入研究。在学术上，他可与顾炎武、黄宗羲、王夫之三大家并列，但受政治污点所累，后人很少提及。

钱谦益早有才名，曾经高中进士，他热衷于仕途，但明代中后期党争激烈，他前半生饱受宦海浮沉之苦，一直郁郁不得志。

南明弘光帝登基不久，有中兴再造之功的马士英，力荐阉党余孽阮大铖，却遭到东林党官员的反对。作为东林党领袖的钱谦益，为了讨好马士英，甚至幻想假以他手，实现入阁执政的目的。于是，他上疏为阮大铖说好话。有了东林党老领袖的支持，还有马士英的极力推荐，阮大铖受到重用，当上兵部尚书。钱谦益以为机不可失，再投其所好，常与马、阮一起游宴。钱谦益的行为，遭到正直之士的鄙弃与斥骂。但小朝廷的党派门户之争，并不因钱谦益的主动投靠而化解。阮大铖急于报复东林党，不但阻止钱谦益入阁，甚至欲置他于死地。

偷鸡不成蚀把米。钱谦益勾连马、阮，使他苦心树立几十年的清望顿减。弘光政权灭亡后，他立马投降仕清，这更使他的名声一扫而光。

听到清兵渡江，弘光帝、马士英、阮大铖等仓皇出逃；只有小妾柳如是劝说钱谦益一起殉国，保持节操——作为元老重臣和文坛领袖，钱谦益理应如此，但他找借口不肯赴死。不过他也想到，一旦变节投降，就会受到指责和唾骂，他感到了那种发自内心的恐惧；尤其是面对妓女出身的柳如是，他更感到惭愧——她把操守名节看得比生命还重，而自己却靦颜求活。

其实钱谦益降清，除了怕死之外，也有思想上的根源。他对司马迁赞扬伍子胥"弃小义，雪大仇"十分欣赏，并不将"义"看得如何重要。他在为黄宗羲之父所写墓志铭里，认同"君子爱国之心，甚于爱臣节也"，将爱国与爱节区别，对死节作了保留。何况他对明朝末代皇帝并无多少好感——他仕途坎坷，几次被削籍归家，这都使他耿耿于怀，心中不平。

但是，他毕竟在民族危亡和朝代更替之际，干了不光彩的事情，这无论从哪个层面上，包括政治伦理和人品操行而言，都有了污点。为此，他在降清前后的一段时间里，不敢把自己的所作所为，写入诗歌，载于文集。他说："余自甲申以后，发誓不作诗文，间有应酬，都不削稿。"

这种言不由衷的话，暴露他内心有难以言明的隐痛。他非常懊恼，后悔不迭，知道难以摆脱历史书写的耻辱和品节毁污的臭名，因而他不愿也不敢堂而皇之地留下文字墨迹。他的诗歌作品，按年编排，秩序井然，独缺甲申、乙酉至丙戌六月以前二年半时间里的篇什，他把这几年视为一块心病，留下了空白来回避对这段历史。

危险一旦过去，脑海里深烙的传统教育便又浮了上来，"忠孝节义"四字如芒刺在背，加之舆论的指责，身败名裂只换来个礼部右侍郎管秘书院事、充修《明史》副总裁，官职还没有在南明朝廷的大；尤其面对亲友殉国的壮烈之举，内心的矛盾又激烈地展开了斗争。仕清不久，他秘密参加了反清复明活动。

钱谦益晚年撰写的《西湖杂感序》中，借典故斥骂当日降清的汉奸，尽管自己也包括在内。史学家陈寅恪在《柳如是别传》中认为，这说明钱谦益"天良犹存"，值得同情。

才气纵横而又生性怯懦，大节有亏而又良知犹存。钱谦益的复杂性，在大剧变时代展露得淋漓尽致。

袁宏道的解脱

史料记载，明代文学家袁宏道是推崇《金瓶梅》的第一人。此书被当时所谓的正统文人视为洪水猛兽，唯恐避之不及。但在袁宏道看来，它的价值，胜过被视为汉赋奠基之作的枚乘《七发》。这在当时不只为惊世骇俗之语。袁宏道赞赏《金瓶梅》像一幅真实生动的画卷，细致入微地描绘了西门庆的奢侈生活，揭示了豪门贵族的腐朽堕落。小说这种新文体，受传统观念束缚较少，能自由抒发真情实感，这与袁宏道的文学观不谋而合。

袁宏道主张文学应该"独抒性灵，不拘格套"，就是要在内容和形式上打破一切束缚，表现自我真实的思想感情和个性精神。他自己身体力行，四处游历，登山临水，写了很多著名的散文游记，是重要文学流派"公安派"的代表人物，与哥哥袁宗道和弟弟袁中道一起被称为"三袁"。

当时的明朝廷网罗了一大批御用文人，专事歌功颂德，文章形式讲求平正，从而形成了一种新文体"台阁体"：一味掩盖矛盾，点缀太平，缺少真情实感，空洞无物，千篇一律。长期的枯燥、沉闷激起反弹，出现了新的文学潮流——复古主义，主张

"文必秦汉，诗必盛唐"，从一个极端走向了另一个极端。

袁宏道的"性灵说"，同时向两种极端现象提出了挑战。他反对一味摹拟秦汉唐宋古文，也与现实中的"台阁体"格格不入。

袁宏道二十五岁中进士，后任吴县县令。他深切地体验到了文学个性与官场案牍之间的对立与冲突，官职与文心的背离与乖张。他追求心性上的自由。在写给徐渭的信里，他提到四种不同人生观："有玩世，有出世，有谐世，有适世。""适世"就是说要遵循内心，顺应自然。这是他一生的追求。"独抒性灵"不只是他的文学观，也是他的人生观。但受官场的束缚与羁绊，天然的性灵，无法流溢而出。为了获得心灵自由，他六辞县令之职，但都被拒绝。因为辞职失败导致心情郁闷，结果生了一场大病，这才如愿辞官去职。

袁宏道恢复自由之后，游遍了东南地区的名胜。山水滋养之下，他的心灵得到了极大的释放，做官时种种压抑的情绪，被自然美景一扫而光。他在《汤郎陆》一文中写道："湖水可以当药，青山可以健脾，逍遥林莽，欹枕岩壑，便不知省却多少参苓丸子矣。"蒙在"童心"之上的灰尘，由此吹拂而去，本真的性灵得以张扬。

袁宏道无拘无束的创作，开创了一代清新活泼、自由洒脱的文风。他的作品中最有影响的是山水游记。其最突出的特点是率真，写真实的生活，抒发真实的情感，从心间自然流溢而出。无论写景抒情，无论叙事议论，皆笔墨灵活、挥洒自如，清新流畅、自然淳美。他的作品被赋予了自由的灵魂，达到了物我合一、情景相契的新高度。现代学者任访秋先生这样评价他的游记散文：袁宏道则似乎是在和大自然谈恋爱。

袁宏道把辞官之后创作的作品集取名为《解脱集》。"解脱"是多方面、多层次的解脱，包括文风的解脱、官场的解脱、身体的解脱、思想的解脱、心灵的解脱……他要解脱的对象，是一切违反人性、束缚天性的桎梏。

但他的性格，既无李贽的偏执孤傲，更无徐渭的怪诞狂放。他的解脱，本质上是追求内心的自由，一种适世而称心的姿态。他将道、佛、儒结合在一起，用他自己的话说，就是做"凡间仙，世中佛，无律度的孔子"。

侠骨红颜的隔代知音

陈寅恪，闻名海内外的史学大师，与梁启超、王国维、赵元任并称为清华国学院"四大导师"，被誉为"教授之中的教授"。他在双目失明的情况下撰写《柳如是别传》，历十年始成，长达八十万字。史学家往往以撰写通史为能事，以陈寅恪的学识和才华，他是最有资格写出一部中国通史的。很多人纳闷他为何没有撰写，而耗费那么多精力为一名歌伎立传。

柳如是，浙江嘉兴人，生活于明末清初，才、艺、色名传一时，与李香君、董小宛、陈圆圆等八美女同称"秦淮八艳"。柳如是幼即聪慧好学，但由于家贫，从小就被掠卖到吴江为婢，妙龄时坠入青楼，在乱世风尘中往来于江浙金陵之间。就文学和艺术才华而论，她可以称为"秦淮八艳"之首，留下的作品主要有《湖上草》《戊寅草》与《尺牍》。陈寅恪读过她的诗词后，"亦有瞠目结舌"之感，对柳如是的"清词丽句"十分敬佩。柳如是还精通音律，长袖善舞，书画也负名气。她的画娴熟简约、清丽有致，书法深得后人赞赏，称其为"铁腕怀银钩，曾将妙踪收"。

柳如是作为传统社会一介女子，却有着深厚的家国情怀和政治抱负。在与其往来的名士中，张溥、陈子龙、李存我均是有铮铮风骨的民族志士，柳如是常与他们纵论天下兴亡。她曾对张溥说："中原鼎沸，正需大英雄出而戡乱御侮，应如谢东山运筹却敌，不可如陶靖节亮节高风。如我身为男子，必当救亡图存，以身报国！"

明崇祯十四年（1641），她嫁给大才子、东林党领袖钱谦益作侧室。当崇祯帝自缢，清军占领北京后，南京建成了弘光小朝廷，史称南明。柳如是支持钱谦益当了南明的礼部尚书。不久清军南下，当兵临城下时，柳如是劝钱谦益与其一起投水殉国，钱谦益沉思无语，最后走下水池试了一下水，说：水太冷，不能下。柳如是"奋身欲沉池水中"，却给钱谦益硬拖住了。于是钱谦益便腼颜迎降了。钱谦益降清去北京，柳如是坚持留在南京不去。钱谦益做了清朝的礼部侍郎兼翰林院侍读学士，由于受柳如是影响，半年后便称病辞归。南都倾覆，三年间，柳如是不言不笑，不忘故国旧都，心怀反清复明之志业。她鼓励钱谦益与尚在抵抗的郑成功、张煌言、瞿式耜、魏耕等联系，全力资助、慰劳抗清义军，这些都表现出柳如是有着强烈的爱国民族气节。

国学大师王国维曾题诗："幅巾道服自权奇，兄弟相呼竟不疑。莫怪女儿太唐突，蓟门朝士几须眉。"在王国维看来，在国破家亡的危难时刻，包括柳如是丈夫、时任南明礼部尚书钱谦益在内的那些屈膝变节的士大夫们（即诗中的"蓟门朝士"），在气节和操守方面是远远不如柳如是这个"下贱"妓女的——这可谓一针见血，直指世道人心。

胭脂泪中凝聚着民族魂，才气、侠气和骨气，在柳如是身上，可说是三者合一。奇女志与遗民心的结合，使《柳如是别传》成为可歌可泣的女性史颂。陈寅恪可谓是柳如是的隔代知音。进而言之，此书不是简单地为古代一位特殊女子立传，而是"借传修史"，以"惊天地泣鬼神的精神"撰写的一部明清文化痛史。陈寅恪在《柳如是别传·缘起》一文中高度评价柳如是，言明撰写此书是为了彰显"独立之精神，自由之思想"。可见，陈寅恪对此书是何等看重。

作家李劼以"人格光明"评《柳如是别转》："《红楼梦》于非人世界拓出一片人性天地，《柳如是别传》从历史深渊推出一团人格光明。"现代学者的著作，很少有像陈寅恪的著作那样，里面蕴含着一种巨大的精神力量和人格力量，《柳如是别传》更是如此。这种精神力量和人格力量主要体现在两个方面：一是"贬斥势利，尊崇气节"；二是"独立之精神，自由之思想"。这是陈寅恪精神的两个维度，也是他一生身体力行的准则。陈寅恪为柳如是立传，既是为自己抒怀明志，也是为民族气节和民族精神树碑立传。

昙花一现的台阁体书家

明代初年，台阁体书法统治书坛。该体字形方正、点画光洁、结体匀称、排列整齐。当时的说法是"乌、方、光"——乌，黑得发亮；方，方正，大小一致；光，光滑、流畅。善此种书风者，大多为内阁宰辅之臣，"台阁"一词为宰辅别称，因而得名。

明初台阁体最著名的代表人物是沈度。永乐二年（1404），朝廷征召擅长书法的士人进入翰林院，沈度得以入选。他奉命书写《孝慈皇后传》和《古今列女传》等，其婉丽端庄的字体，令明成祖朱棣非常满意。此后，沈度每天陪伴皇帝左右，所有诏书及御制诗文碑刻，无论是朝堂使用、内府收藏，还是颁赐属国，都要沈度书写。对沈度的字，皇帝爱不释手，甚至把他誉为"本朝王羲之"。永乐朝，沈度历任翰林院典籍、检讨、修撰、侍讲学士，官位显赫，所受赏赐不计其数。宣宗即位后，沈度被升为翰林学士，加奉政大夫衔，并特准食禄不视事。

台阁体风靡朝野，宫廷书家特别受宠。其时选中书舍人，甚为破格，大抵因其善书，而可从进士、举人乃至生员中直接擢拔为中书舍人，也可从其他职位转任中书舍人，更有宫廷书家推荐自己的子孙、亲属而仕荫为中书舍人。如沈度不仅荐弟沈粲为中书舍人，其子沈藻也以父荫而成为中书舍人。

沈度引领了明代从永乐到弘治间一百多年的书法风潮。从永乐年间开始，因皇帝的提倡，天下士人竞相模仿沈度的字体。后来的仁宗、宣宗、孝宗几位皇帝都对沈度的书法赞不绝口，科举士子为求高中，无不苦练沈字，一时沈字遍天下。

然而，沈度的书法只不过是婉丽工整而已，尤其是在皇帝授意下写的一些应制作品，只能端雅雍容，不敢追求意趣，多显谄媚之气，几乎没有艺术价值，这是台阁体书法的通病。正因为有了"乌、方、光"三字诀，无数士子不管所习何种碑帖，最终都以此三字作为努力目标，于是形成了千人一面、万手雷同的奇特现象。

以沈度为代表的台阁体书法的风行，缘于皇权专制的统治需要。而专为迎合帝王口味的台阁体，扼杀了大多数人的艺术生命，也阻碍了书法艺术的健康发展，使明初的书坛抹上了一层浓重的应制色彩。台阁体在明代前期辉煌了近一个世纪，到弘治末年已日薄西山。这一书法潮流的衰退，反映了皇权下应制书法本身内涵的单薄，其艺术生命必然不强。

在清代，台阁体风潮再起，被称为馆阁体。馆阁体书法也是为适应皇家的欣赏口味和实际需要而形成的，擅长此道者，在科场仕途上可以大获裨益，因此对广大士子考生产生巨大的吸引力。乾嘉时期，馆阁体书法影响迅速扩大，从官场蔓延到考场，成为科举考试时的一项重要标准。天下学子甘心入彀，缘于馆阁体书法具有显而易见的实用价值——入仕当官。

馆阁体书法与科举考试的结合，造成书坛的特殊现象。本为国家铨选人才的考试大典，却变成仅仅较量写字工巧的仪式。许多有真才实学的士子，只是由于下笔偶出差错，便被弃置不用。科举考试不仅失掉了以文选才的实质，即使是考官们看中的书法，也不过是应规入矩、了无生趣的雕琢排列。等而下之者，学颜真卿无雄强之象，徒成墨猪满纸；学欧阳询无峻秀之致，只具刻板之形，根本没有什么艺术性可言。

有权力的加持和推波助澜，媚俗艺术的附加值也许膨胀一时，但最终只是昙花一现。沈度等"台阁体书家"如今知者甚少，可见"时名"不一定禁得起历史的淘汰，是泡沫终究会破灭。

传统文化中的"五味药"

美国心理学家马斯洛将人类需求像阶梯一样从低到高按层次分为五种，分别是：生理需求、安全需求、社交需求、尊重需求和自我实现需求。假如一个人同时缺乏食物、安全、爱和尊重，通常对食物的需求量是最强烈的，其他需要则显得不那么重要。只有当人从生理需要的控制下解放出来时，才可能出现更高级的、社会化程度更高的需要，如安全的需要。

马斯洛的需求层次理论，与中国传统文化有异曲同工之处。

中国古代的思想流派庞杂，支流众多，但大体上可归纳于五类：兵、法、儒、道、佛，其他派系或是其中一条支流的河汉，或是多条支流的融汇。

兵即兵家，指军事家或用兵之人，兵学就是在战场上御敌制胜的学问。法即法家，以法制为核心思想，主张通过具体的刑名赏罚来进行统治，少不了权谋之术。儒家则主张仁与礼，由内圣而外王，通过内体心性成就外王事功。道家主张清心寡欲，无为而治。佛家则认为万物皆空，一切都是徒劳。

如果以"入世"程度和主观积极性来衡量，从兵家到法家，再到儒家，最后到道家和佛家，即兵→法→儒→道→佛，构成依次递减的逻辑关系。越靠前，越"入世"，越现实；越靠后，越"出世"，越超脱。

春秋战国时期，诸子百家争鸣，思想学术空前繁荣。秦一统天下后，法家独享庙堂。虽然从汉武帝"罢黜百家"开始，儒家便一直是国家和社会的主流意识形态；但其他思想流派在一定范围内或多或少存在，有时它们的作用甚至也会凸显出来。

国家处在不同阶段或不同环境，所需要的思想支撑不同。或者说，面临不同的困境，遭遇不同的病症，需要不同的药方。兵、法、儒、道、佛，好像五味"思想药"，被用来医治不同的病症。

如果一个国家正处乱世，国力弱小，而且强敌环伺、蠢蠢欲动，提升军事力量和战略思想水平则是当务之急，兵家和法家思想应成为国家的主流意识形态。当年孟子面见梁惠王（即魏惠王）时，梁惠王就问孟子：先生不远千里而来，有什么对我国有利的政策可以教我吗？孟子以"仁义"而对。此时正处战国乱世，礼崩乐坏，弱肉强食，梁惠王亟须富国强兵之策，自然不会对高大上的"仁义"感兴趣。如果整个社会意识颓废，末世心态泛滥，则需要积极进取的儒家思想来提升社会士气，鼓励建功立业，否则国将不国。当然，如果社会奢靡之风盛行，道家的回归自然和佛家的崇尚简朴思想，都是一剂良药。

对症下药的典型例子是西汉初期的无为而治。西汉统治者面对秦朝暴政和多年战争留下的烂摊子，采取了道家的无为而治，轻徭薄赋，让老百姓休养生息，对他们不过多干预，充分发挥他们的创造力，致使国力大增，使后来的汉武帝能够有实力对付匈奴的外部威胁。

国家如此，个人亦然。每个人处在不同人生阶段和不同环境，也需要不同的思想支撑。范蠡早期辅佐勾践富国强兵，依凭的自然是儒家和法家之术；随后在征讨并灭亡吴国的过程中，他摇身一变，成了军事家。范蠡心里明白，勾践只可共患难，不可共富贵。最后范蠡功成身退，逍遥江湖，俨然道家风范。如果当年范蠡贪恋荣华富贵，继续留守庙堂，难免不像文种那样，落得个兔死狗烹的下场，也不会有后来的巨富陶朱公了。范蠡是传统智慧的集大成者，他的一生，是亦兵亦法亦儒亦道的一生。

曾国藩早年精研儒家经典，热衷科举，以此作为进身之梯。进入官场后，又热衷法家的申韩之学。后来他受命领兵打仗，兵法是他的常读之书。蔡锷摘录曾国藩与胡林翼的论兵言论编成的《曾胡治兵语录》成了兵学经典。当初曾国藩创办团练遭遇挫折时，想到了老庄，一遍又一遍读《道德经》，终于顿悟进退之道。他一改早年一味冒进的心态，以柔克刚，亦进亦退，以退为进，终成一代中兴名臣。

"春秋"的大言微义

  《春秋》本来是一部关于鲁国的史书，但因编撰者孔子是圣人，有人相信书中每一个字都隐藏着人世间的大道理，正所谓"微言大义"。而亚圣孟子的"孔子成《春秋》而乱臣贼子惧"之说，更是将这部史书神化了。它不但被列入儒家经典，还居然成了判案依据的"法典"，是谓"春秋决狱"——用书中的微言大义、伦理法则来判决各种刑案。

  这方案的首倡者是西汉董仲舒——由于当时律法不周密，难以解决所有的政治与司法案件，因而信奉以儒治国的汉武帝便对此欣然接受了。由于"春秋决狱"是按照动机以及伦理道德来定罪量刑的，具有很大的主观性、模糊性，尤其是将道德和法律的界限模糊化，为后世的"文字狱"等以统治者的主观意愿断案，甚至只是为惩罚某人而定罪提供了依据。"春秋决狱"由最初为弥补立法不足而采用的技术手段，衍变为被肆意滥用的政治工具。

  历代统治者大多口含天宪，言出必称"春秋大义"，但用学者熊逸的话来说："不知到底有多少是真正的'《春秋》'的

《春秋左传》书影

'大义'。"所谓"大义"，有时只不过是大言不惭的自我标榜，掩不住堂皇语言下面藏着的"小"——统治者及弄权者的一己之私。

正如前文所言，《春秋》含义的模糊性为统治者提供了大量的自由裁量权。酷吏张汤在决狱时，常常根据皇帝的喜好查找经书，然后制定新的判例。"腹诽之罪"就是张汤根据汉武帝的需要发明的。

掌管财政的大司农颜异，对朝廷的货币改革提出质疑，汉武帝听了很不爽，但此事属于朝议，不好定罪。他就派张汤寻找颜异的其他毛病。这时，有人私下对颜异说皇帝政策的坏话，颜异并没有表态，只是翻了翻嘴唇。张汤知道后，立刻上奏，说颜异对政策不满，却不公开告诉皇帝，反而在私下里表达不满。张汤认为，颜异虽然没有说话，但心里实际上是赞同朋友的，肚子里瞎嘀咕，是"腹诽之罪"。张汤的依据就是《春秋》中的"原心定罪"，即以人的主观动机、意图和愿望作为判案依据。颜异最终被杀。在皇帝及其鹰爪眼中，"春秋大义"只不过是消灭异见者的私器工具，哪有什么真正的大义可言。

到了西汉后期，"春秋决狱"堂而皇之地成为君王乱法和官员弄权的合法外衣，法律体系更加紊乱，司法腐败更加严重。宋元之际的学者马端临在《文献通考·经籍考》中说，"汉人专务以春秋决狱，陋儒酷吏遂得以因缘假饰"，可谓公允之论。这种司法裁决方法对汉代法制的根本性破坏，甚至比秦帝国一断于法的法家专政更具杀伤力。

"春秋决狱"后来扩大到"经义决狱"，即除了《春秋》外，《诗》《书》《礼》《易》中的思想也用作判案的依据。"经义决狱"在两汉时期普遍推行，魏晋南北朝时期形成明确的法律制度，直至唐朝儒家思想和法学完全结合在一起，礼法合一，"经义决狱"基本结束，但对少数疑难案件，唐代仍以经义决之。南宋以后，这种实际判例就很少见于记载了。

即便如此，"春秋大义"之说却一直延续下来，一方面，它成为勇毅志士追寻和献身正义的精神动力；另一方面，却被弄权者当作打击政敌、排除异己、报复陷害的"政治大棒"，或被枭雄巨奸用作篡权窃国的漂亮口号。

从妾妇之道到婆媳文化

有位家长在看到女儿初二的语文课本时，肺都气炸了，"无违夫子，以顺为正，妾妇之道也"，这样的句子要求学生反复诵读，注释和课后的练习题也没有引导学生进行反思。他认为，这是宣扬"顺从丈夫是妻妾之本分"的落后思想，是在毒害当代青少年。

其实这位家长误解了。此话源自《孟子·滕文公》，在这篇对话录中，有人认为公孙衍、张仪能够左右诸侯，挑起国与国之间的战争，"一怒而诸侯惧，安居而天下熄"，是了不得的男子汉大丈夫。孟子却认为，公孙衍、张仪之流靠摇唇鼓舌、曲意顺从诸侯的意思往上爬，没有仁义道德；因此，他们不过是小人，奉行的是"妾妇之道"，哪里谈得上是大丈夫呢？孟子意在批判一味顺从、在权和利面前毫无原则的嘴脸。

孟子极力批判的"妾妇之道"，却被历代专制王朝奉为圭臬，将其引入社会政治生活，成为专制社会维系等级制的规则，以维持皇权统治地位和国家机器的运转。历代王朝法律中关于抗旨、大逆、大不敬、犯上等条款，使一切下级望而生畏。臣子对皇权、下级对上级的敬畏、驯顺、服从，成为下属的最高道德信条和言行准则。正如郭沫若在《荀子的批判》中所言，"这样的一片妾妇之道，汉以后有不少的太平宰相正靠着这种方术的实践而博得安富尊荣"。

古语说，穷则独善其身，达则兼济天下。而一些人在穷时尽顺从之态，达时却飞扬跋扈。杂文家柏杨称之为官场的"婆媳文化"现象——苦命"媳妇"熬成"婆"后，不但不优待苦命的"媳妇"，反而比原来的"恶婆"更凶暴地虐待"媳妇"，以从心理上获取补偿。这里的"媳妇"，与前面的"妾妇"同义。

隋朝幽州总管燕荣，性情严苛残暴，常常鞭打左右官员，每次以一千鞭为单元。曾经在路旁见到荆棘，命人砍下制造刑杖，然后用人体做试验。挨杖者诉说无罪，燕荣说这次等于预支，以后有罪时可以抵消。那人想，反正可以免刑一次，便认了。不久他真的犯了罪，谁知燕荣说，没有罪还打，何况有罪？照样杖打。

元弘嗣调任幽州总管长史，成了燕荣的下属，他很害怕，坚决辞职。皇帝特下令给燕荣：元弘嗣如果犯的罪需责打十鞭以上的，要先奏报批准。皇上有明令，燕荣不敢违背，于是派元弘嗣监收仓库粟米，如果颗粒不够饱满，或扬起来仍有谷皮的，立刻处罚。虽然每次鞭打，都不满十下，但一天之中，甚至有打三四次的情况。双方怨恨日深，燕荣索性逮捕元弘嗣，囚禁监狱，不准家人给他送饭。皇帝实在看不下去，命燕荣自杀。

深受酷吏之苦的元弘嗣，按理说应该体恤下属和民众，但等他熬到接任燕荣的官位后，却比燕荣的残暴有过之而无不及。他每次审讯囚犯，都要用醋灌入囚犯鼻中，或者摧残其下身。皇帝委派他负责监造战船，各州派去服役之人都备受他的折磨。他令官兵督役，使丁役们昼夜站立于水中劳作，劳工们"自腰以下，无不生蛆"，死者无数。

燕荣、元弘嗣是极端例子，但"婆媳文化"在古代官场普遍存在。古代社会是等级社会，人人处于等级中的特定地位，除皇帝外，其他的每个人既是"主"又是"奴"——在上级面前是"奴"，在下级面前是"主"。历史学家刘泽华将这种社会中的典型人格概括为"主奴综合性人格"。

"主奴综合性"既是人格特点，也是一种普遍的社会心态和价值定位。与其相匹配的是，自卑自贱、顺从驯服、阿谀奉承和颐指气使、飞扬跋扈交织在一起的观念与文化遍布整个社会，其源头是权力崇拜和权力压迫。

风吹草动的隐喻

关于君民关系，历史上最著名的论断，莫过于唐太宗李世民的"水可载舟，亦能覆舟"了。君，舟也；民，水也。民心向背事关江山社稷，李世民这句话成为后来不少明君常常挂在嘴边的治世警言，明智的大臣也常常用它来劝诫昏君庸主。"舟与水"的政治隐喻，对中国历史的影响至深至巨。遗憾的是，另一个同样有积极意义的政治隐喻，却淹没于历史尘埃之中，鲜为人知，那就是把君民关系比为"风与草"的关系。

我国最古老的历史典籍《尚书》记载，周成王这样阐述自己关于君民关系的理论："尔惟风，下民惟草。"周成王的意思是，君主是风，民众是草，草随风动，风朝哪边吹，草就朝哪边倒。

把君与民的关系比为风与草的关系，也见于《毛诗正义》的首篇："风，风也，教也。风以动之，教以化之。"又说："君上风教，能鼓动万物，如风之偃草也。"这些话几乎就是对周成王"尔惟风，下民惟草"的注释。

同样的意思还可见于《论语·颜渊》。孔子对前来问政的季

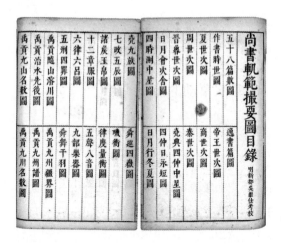

《尚书》书影

康子说："子欲善而民善矣。君子之德风，小人之德草，草上之风，必偃。"孔子认为，只要君主一心向善，民众自然会随之向善。君主为政之德若风，小民从化之德如草，加草以风，无不倒伏；犹如化民以政，无不追随。孔子试图通过"风与草"这个比喻，劝诫季康子谨守正道。可见，在君民关系问题上，孔子也持有与周成王相同的见解。

　　《尚书》《诗经》《论语》是我国早期最重要的文化典籍，既然它们都认同"风与草"的隐喻，那就意味着以"风与草"的关系来比附君与民的关系，在中国早期是一种普遍的政治观念。虽然这种观念在秦以后的典籍中已很少见到，也没有在后来成为普遍的政治观念，但儒家的"内圣外王"理念与这种政治观念是一脉相承的，都对为君者提出至高的道德要求。君德决定民德。

春风劲吹，万物焕新；寒风凛冽，寸草不生。

　　小时候看过一本连环画，故事寓意深刻，至今记忆犹新。古代有个国王，长得又矮又胖又黑，奇丑无比。刚从老爸手里继承大统时，他面对满朝的帅哥大臣，感到很痛苦，很孤独。为了摆脱心魔，他想出一个"绝妙"的办法，将颜值高的大臣纷纷罢官，而把丑八怪陆续纳入朝廷，长得越丑越能居高位。一时间，朝廷上群丑咸集，国王陶醉其中，不亦乐乎！整个国家以丑为美。全国上下，帅哥为了改变自己的基因，为后代谋个好前程，纷纷挑长得难看的女子做老婆。君王以丑为美，民众也会以丑为美。正所谓风吹草动，草随风倒。

　　而从历史上看，文景之治、贞观之治、康乾盛世，是公认的古代社会经济发展较为充分的时期，也是社会风气较好的时期。统治者勤政爱民、戒贪戒奢，对引导社会风气，促进社会发展起到了积极的作用。

　　现代社会没有了皇权和君主，掌握国家权力的是各级官员，风即官也，官员乃民众之榜样，官正则民正，官邪则民邪。若官员忙于搞腐败，纸醉金迷，又怎能要求民众道德高尚？若道德败坏者吃香喝辣，而保持良知和底线的人粗茶淡饭，价值导向错乱，又怎能使社会风清气正？"风与草"不止隐喻古代君民关系，于今天仍有警示意义。

美是一把双刃剑

《红楼梦》第六十四回，林黛玉自谓"曾见古史中有才色的女子，终身遭际令人可欣可羡可悲可叹者甚多"，便以五位美女入诗，以寄感慨，贾宝玉题之为《五美吟》，其中一首是咏叹西施的：

> 一代倾城逐浪花，吴宫空自忆儿家。
> 效颦莫笑东村女，头白溪边尚浣纱。

关于西施的故事，大家耳熟能详。越王勾践为复国雪耻，将西施训练三年后，献给好色的吴王夫差，使受媚惑，以乱其政。越国灭吴后，吴人沉西施于江，以报被夫差沉尸于江中的伍子胥。林黛玉诗的前两句，是写西施的人生际遇和心境：她在吴王宫中虽受宠幸，却禁不住思念儿时的浣纱溪畔；她想要的不是这雕栏玉砌、红墙绿瓦，而是旧时乡土、往日情怀；她知道，她的倾国倾城之色也终究会逐浪花流水而去。

诗的后两句则谈到典故东施效颦。相传西施家乡的东村有个女子，貌丑，人称东施，因见西施"捧心而颦（皱眉）"的样子很美，她也学着捧心而颦，结果反而更丑。后人把东施效颦当成笑柄。

唐朝诗人王维在其诗作《西施咏》中说："当时浣纱伴，莫得同车归。持谢邻家子，效颦安可希？"意思是说，昔日一起在越溪浣纱的女伴，再不能与她同车去，同车归。奉告那盲目效颦的邻人东施，光学皱眉怎能就希望别人赏识呢？不仅如此，王维又在诗作《洛阳女儿行》中说："谁怜越女颜如玉，贫贱江头自浣纱。"在他眼里，西施无疑比东施幸运。西施在吴宫享尽荣华富贵，而她的旧伴东施，却仍需辛苦浣纱度日。

但林黛玉的观点与王维相反，在她看来，西施命运之不幸，远在"东村女"之上。当年浣纱的女伴一生不曾远离故土，在溪边日复一日地过着浣纱的生活，直到年老发白。东施这种朴拙的人生、平凡的幸福，远胜在残酷政治斗争中香消玉殒的西施。

这是林黛玉（实际上是曹雪芹）的切肤感受：在她眼里，不管是金碧辉煌的吴王宫，还是白玉为堂金作马的贾府，都只是囚禁身心的牢笼、埋葬幸福的坟墓。

西施、王昭君、杨玉环……人们记住了她们的沉鱼落雁、闭月羞花之美，但谁能真正体味到她们的身心之苦？美对女子而言，是一把双刃剑，在给予她殊荣的时候，亦把她推入不幸之中。回眸一笑百媚生的杨玉环，最终自缢于马嵬坡梨树下，成为唐玄宗荒政的祭品。即便是因汉匈和亲而名垂青史的王昭君，其结局并不比杨玉环好。

作为女人，昭君是不幸的。史书上这样记载：汉元帝建昭元年（前38），昭君被选入宫。"入宫数岁，不得见御，积悲怨"。公元前33年，匈奴单于请求和亲，昭君自愿远嫁。在匈奴大漠，昭君先嫁呼韩邪单于。三年后，老单于去世，依习俗昭君应嫁老单于的长子，也就是她的继子复株累单于——这是深受汉文化熏陶的昭君难以接受的，加上思乡心切，昭君向汉廷上书求归。汉成帝却敕令"从胡俗"，昭君不得不再嫁复株累单于。新单于为了巩固自己的权位，防止他人篡夺，杀掉了同父异母的兄弟——老单于和昭君所生之子。复株累单于去世时，昭君才三十三岁。思乡之苦，下嫁继子之辱，亲子被杀之痛，最终压垮了昭君，不久她服毒自杀。

昭君有诗作传世："高山峨峨，河水泱泱。父兮母兮，道里悠长。呜呼哀哉，忧心恻伤。"这正是她身处大漠时凄苦心境的真实写照。此时的昭君，是不是后悔进入汉宫，远嫁匈奴，而情愿如东施一般过着平凡而安逸的小日子呢？

高处不胜寒。姿色、财富、权力都是如此。你拥有的越多，面临的机遇越多，遭遇的陷阱可能就越多。你凭倚的资本越丰厚，付出的代价可能就越高。这是人生的辩证法。

皇上"杀熟"有玄机

刘邦坐上皇位后，对一起打天下的功臣动了杀机：诛彭越，屠韩信，斩英布，囚萧何……昔日勇砸秦始皇御车的张良，也被吓得退隐江湖。功臣有此遭遇，一方面因为功高震主，另一方面也因他们跟皇上太"熟"了。

在建立汉帝国的庆功宴上，刘邦的部下们上演了一场闹剧。他们调戏宫女，甚至在大殿上拔剑乱砍。在这些人面前，刘邦完全没有皇帝的威严。刘邦，农民出身，为人大方，结交了一帮朋友。后来刘邦带着他们打天下，出生入死，一起喝酒吃肉，不拘小节。刘邦当上皇帝后，多年习惯使然，这帮草莽兄弟还像以前一样肆无忌惮；可毕竟今非昔比，刘邦心里很不爽。虽然他采取叔孙通的建议，制订了尊崇国君、抑低臣子的礼仪制度，让他体味到了做皇帝的尊贵，但这只是形式上的。这些兄弟与刘邦一路走过来，大家互相知根知底，在他们眼里，刘邦以前不过是一个好逸恶劳、说大话、好色的社会混混，用现在的话说，只不过是"被风吹起来的猪"，没有任何神秘感，因此难以有发自内心的崇敬。

刘邦像

帝王维护专制统治依靠两样东西：暴力和天命。所谓天命，不过是御用文人编造用来诓天下人的，但骗不了昔日一起摸爬滚打的兄弟——刘邦心知肚明，这是他走向集权难以逾越的障碍。由此，知根知底而又位高权重的功臣们，自然成了他的眼中钉，必除之而心安。

诛杀功臣最极端的例子是朱元璋，刘邦与他相比，是小巫见大巫。朱元璋的出身比刘邦更低微。刘邦毕竟当过泗水亭长，而朱元璋则讨过饭，当过和尚，睡过坟地，因此他比刘邦更加自卑，对自己的过去更为敏感，在昔日"熟人"面前更加不自信。刘邦诛杀目标主要是武将，朱元璋是武将文臣都不放过。他先以胡惟庸"逆谋"入罪，株连杀害近四万五千人；又借口蓝玉欲图谋反，大搞株连，死者逾一万五千人。胡、蓝两案，涉及功臣数十家。有功武将大多被冤杀，李善长等著名谋士文臣也未能幸免。

当然，打天下者并不都像刘邦、朱元璋这样大肆屠杀功臣，著名的有李世民、赵匡胤。是否嗜杀功臣与帝王的性格有一定关系——生性残暴或宽仁，影响到对功臣的态度；但正如以上所分析，起更大作用的还是帝王的出身和起事过程。

李世民出身豪门大族，是世家公子，其政治资源与生俱来，这在传统意识形态中也喻示着一种天命。李世民与部众之间本来就有严格的等级之别，不像刘邦、朱元璋与同伙之间那样"熟"。部属对李世民一直敬畏有加，更不敢有轻慢之举。他们认为，李世民带他们打天下享荣华，是天大的恩赐，因此难以产生不臣之心。不管是打天下的过程中，还是在皇位上，李世民一直都是绝对权威，无需用屠刀来从心理上确定和强化他与部属的等级关系。李世民统治时期，君臣相处融洽。

赵匡胤的情况与李世民类似，他本来是后周大将，位高权重，受部属拥戴而黄袍加身。他一言九鼎，根本无需血洗官场。杯酒释兵权，不仅是政治智慧的体现，更是当时情势使然。

由此可见，有的皇帝诛杀功臣，不只是为了除掉皇权的潜在威胁，也是为了重塑新的等级秩序。夺天下无疑充满血腥，重塑集团内部秩序也大多如此。除了李世民、赵匡胤，善待功臣的还有东汉刘秀等，他们为血腥的历史平添了一点亮色。

皇权的左膀右臂

　　作为读书人的儒生，一直处境尴尬。春秋时期，孔子跑遍全国，在陈蔡之间差点饿死。战国时期，燕国内乱，孟子建议齐国进攻燕国，趁人之危、落井下石，连这么不仁不义的主意都出了，也没当上官。秦始皇对付儒生的方法是挖个坑埋了。汉高祖刘邦摘下儒生的帽子往里撒尿。彻底改善儒生社会处境的，是汉武帝刘彻。

　　雄才大略的武帝一即位，就诏举贤良。亲自策问后，拔儒学大师董仲舒为第一。他接受董仲舒"罢黜百家，独尊儒术"的建议，创太学，置五经博士。董仲舒"天人感应"的神学理论、"三纲五常"的道德论，标志新儒家思想的形成。董仲舒还以"春秋大一统"为汉武帝强化皇权做了理论准备。他的学说符合汉武帝"内多欲而外施仁义"的性格，很合理地成了汉王朝的主流思想。儒生们的地位自然也水涨船高，纷纷当起了官。特别是博士弟子制度，使儒生当官制度化，给了儒生们一条稳定的升官发财之路。

　　一个王朝要维持稳定，不能没有合法性的建构。这正是汉武帝重视儒生的用意所在。尤其是当时汉王朝内部，缺少一种统一人心的治国理论，从上到下都面临着深刻的思想危机。汉初先辈无为而治的黄老思想，在这方面显得无能为力。因此，必须建立一个新的思想体系。这个重任，自然就落到儒生的身上。

但光有儒生还不够。合法性的建构，又必须有强力作为后盾，以便能制裁那些不听话的人。武帝比父辈更加重用具有法家背景的酷吏。

当时著名的酷吏有张汤、赵禹、周阳由、王温舒、杜周等。王温舒杀河内豪强，流血十余里，株连千余家。杜周为廷尉，专奉人主旨意为狱。武帝还让张汤、赵禹等人条定刑法，以致律文冗繁，官吏因缘为奸，往往"罪同论异"。奸诈的官吏会借事情的由头搞交易，他想让你活，就会给你一套可以活下去的理由；他想让你死，就拿一套死的理由往你身上堆。这导致酷吏嗜杀成性、妄杀无辜。

武帝时期的刑罚，手段残酷，数量多，规模大。清代史家赵翼在著作《廿二史札记》中专撰《武帝时刑罚之滥》一节，其中有这样的记载：俸禄二千石的官员，被廷尉羁押的，百余人；其他审理定案的，一年达到一千余件案宗。大的牵连拘捕与案件有关的几百人，小的几十人；远的几千里，近的几百里。罪犯带到以后，狱吏按照案宗审问，不承认就通过拷打得到想要的口供。京城监狱关押的达六七万人，仅狱吏就增加十万多人。

儒生也好，酷吏也罢，都只能满足单方面的需要，汉武帝最需要的是"全才"。因此，身兼儒生与酷吏的公孙弘受到重用，成为汉武帝时由儒生任丞相的第一人。公孙弘少为狱吏，年四十余始学《春秋》杂说，又习文法吏事，缘饰以儒术，为人圆滑狡诈，外宽内忌，睚眦必报。在一次对策中，汉武帝擢"明当世之务，习先圣之儒者"公孙弘为第一，随后迅即升其为丞相。他事君奉命唯谨，善于察言观色，唯汉武帝马首是瞻，以八十高龄死于丞相之位。在他之后的六位丞相，除一人因"醇谨"寿终正寝外，其他人都因种种原因死于非命。

公孙弘受重用成为政坛常青树，是汉武帝治国理念与手段的生动体现。汉武帝表面上"独尊儒术"，实为儒法并用、外儒内法——儒家思想为外饰，法家手段为内核。公孙弘是外儒内法的典型代表。

一直以来，儒家被当成是古代中国两千多年的"正统思想"，这只是表象。儒家与法家，或者说，儒生与酷吏，是帝王的左膀右臂，维护统治缺一不可。汉武帝是左手儒生、右手酷吏的典型代表，他将之运用得炉火纯青；在统治者眼里，儒家是用来"说"的，法家是用来"做"的。说了的不一定做，做了的不一定说，这使不少人对中国古代的"正统思想"存在误解。

女皇的佛寺旋转门

在中国古代，宗教不像西方那样在政治生活中占有优势，而是匍匐在权力之下。皇权与宗教的关系，有两种极端情形：或把宗教奉为国教，当作官方意识形态，如唐朝崇道；或视宗教为异端邪说，极力打压，如周武帝禁佛。而只把宗教当工具，出入宫门与佛门，周旋辗转于佛道之间的，大概只有女皇武则天了。

武则天原本是唐太宗李世民之妾。唐高宗还是太子时，就垂涎于她。高宗登基不久便将被迫出家的武则天接回来。从佛门到宫门，从尼姑到皇后，武则天实现了华丽转身。在高宗的宠幸下，武则天掌握了朝政实权。武则天当过尼姑，在信仰上似乎倾向于佛教；但在初期，她是追随李唐皇帝尊崇道教的。

道教因其始祖老子姓李，而被李唐王朝奉为国教。高宗时期，武则天作为皇后，积极参与崇道活动。她建议文武百官及天下举子一律学习老子的《道德经》。于是，上自王公，下至百官，人人都学《道德经》。武则天为了追悼死去的母亲，让女儿太平公主做道士当女冠。

武则天还利用道教进行皇室政治斗争。她为了让自己的儿子李弘继承皇位，命道士抄写《洞渊神咒经》，意在利用经中"李弘当王"的谶言。武则天拿这个谶言，作为李弘继位合乎"天意"的证据，并随后杀掉原太子李忠。

高宗死后，武则天独揽大权，急于称帝，但感到道教是个障碍。经过唐初六十余年的崇奉和宣扬，道教教主老子作为唐王朝的"护国神"形象，已深入民心，人们利用老子来反对武则天的篡权阴谋。武则天便想方设法削弱道教的地位，贬低老子的形象，以打击唐王朝。同时，武则天编织一套新的政治神话来神化自己。

当时佛教在社会上已有广泛的影响，僧尼对朝廷崇道抑佛也有所不满，这成为武则天可以利用的社会力量。武则天暗中指使武承嗣等人伪造刻有"圣母临人，永昌帝业"的所谓瑞石，对外宣称是从洛水获得的。武则天把这块瑞石称为"天授圣图"，也自封为"圣母神皇"。不久，又在氾水得到一块瑞石，铭文暗示武则天是"化佛空中来"，应当取代李唐为女主。僧人法明等伪撰《大云经》四卷，称武后"乃弥勒佛下生"，当为人世之主。武则天向天下颁发《大云经》，命令各州设置大云寺。在武则天的授意下，这些编造的符瑞和神话，都为她代唐称帝做了舆论准备。

武则天建周称帝后，在全国大力崇奉佛教，推翻自己从前的"建议"，命令天下举子停止学习《道德经》，取消老子"玄元皇帝"的封号，恢复"老君"的称谓。

尽管武则天出于政治原因，对尊奉老子的道教不感兴趣；但对擅长方术、研究长生的道士，她私底下是欢迎的。她召道士入宫，当面求教养身长生之道，并委以炼制丹药进呈宫内的特殊任务。她甚至向道教神祇祈祷，求福免祸，保佑长命百岁。

佛教主张禁欲戒色，武则天却以佛教作掩护，来满足自己的私欲。薛怀义原是一个市井无赖，因生得英俊挺拔，被盛年寡居的武则天看中。为了掩人耳目，武则天安排薛怀义到白马寺出家为僧，并对外谎称是驸马的叔父。这样，薛怀义便以僧人和名门的身份，堂而皇之地出入后宫，充当武则天的男宠。武则天也常以拜佛为名，来白马寺私会薛怀义。这真是一个莫大讽刺。

无论是道教还是佛教，武则天都不是真正地信仰，她信仰的是权力。早年崇道是为讨得高宗欢心，以提高自己的地位；后来抑道崇佛，是为了编织自己称帝的合法性。

武则天对宗教采取实用主义的态度，有用则用，无用则弃，归根到底是为其政治意图服务。武则天通往女皇的道路，既是一条杀人之路，也是一条操弄宗教、编造神话之路。一些研究者往往把注意力放在前者而忽略了后者。

清廷坐稳天下有"两手"

1644年，即大明崇祯十七年，农民军攻破北京城，崇祯帝自缢于煤山，按理说李自成应该坐定了江山。谁料半路杀出程咬金，紫禁城的皇帝宝座竟让"第三者"——清人莫名其妙给夺了过去。长熟的"桃子"被人摘了，李闯王成了最窝囊的起义军领袖。而"第三者"占据紫禁城竟长达两个多世纪，其中玄机何在？

清人在入关前后，对汉族王朝政治体制和意识形态等"合法性资源"一直在努力学习、认真钻研，很重视发挥汉族知识分子的作用，洪承畴、范文程等汉人为清人入主中原立下了汗马功劳。每次机会到来时，清人都能充分运用汉族意识形态资源，收拢人心。在这方面，清廷比元朝做得高明。轻视汉文化的元朝统治中原还不到百年。

古代汉人相信天命，于是，清人在农民军攻破北京后，马上打着替明朝报仇的旗号进入山海关。占领北京后，清廷便以帝王之礼隆重改葬已入田贵妃墓的崇祯帝，令臣民服丧——自己俨然就是明朝的继承者。

清人还紧紧抓住"救民""安民"这二条汉族统治的"祖训"不松口。入关前，即宣称"此行除暴救民，灭贼安天下，勿杀无辜，勿掠财物，勿焚庐舍"。多尔衮采纳洪承畴的建议，严明军纪，改变了清军以往抢掠财帛所形成的令人恐怖的印象，而以新的面目出现，扭转了"顺民心，招百姓，我不如贼"的不利状况，同农民军在政治与思想上"角逐"。

在多尔衮接受吴三桂联合进兵的提议后，范文程特别强调，此次"兵以义动"——是为你们报君父之仇，"国家欲统一区夏，非又安百姓不可"。入京后，清统治者立即宣布废除明末苛捐杂税，减轻民众负担；下令"故明内阁部院诸臣，以原官同满洲官一体办理"，对在京明官一揽子包下，概不追究他们"从逆"大顺的"政治问题"；发现强迫剃发感情上有大阻力，从策略考虑，果断暂缓剃发，能进又能退。因此，清兵在华北、西北的军事行动，几乎通行无阻，颇得汉人的协助。

清史学家孟森在《明清史讲义》里评论这段历史时说："世祖开国之制度，除兵制自有八旗为根本外，余皆沿袭明制……顺治三年三月，翻译明《洪武宝训》成，世祖制序颁行天下，直自认继明统治，与天下共遵明之祖训。此古来易代时所未有。清以为明复仇号召天下，不以因袭前代为嫌，反有收拾人心之用。"可谓点到了要害。

清廷一方面充分"肯定"明朝，把自己说成是它的衣钵传人，另一方面却宣称明朝已经灭亡，完全"否定"它的实际继承者南明朝廷——不仅不予以承认，而且加以征伐。

清军南进还未到扬子江，清廷就迫不及待地组织史官纂明史。后代王朝修前代史，是历代中国王朝相沿已久的政治传统，清廷在正式与南明兵戈相向前，先用修史的方式宣布它的灭亡，为其征讨正名。对于明朝灭亡的时间，清朝官方的话语，前后完全一致，并通过撰写史书、文字狱等形式，不断加以强化。

明朝灭亡时间如何定，关系到清朝的正统地位，清廷坚定的史观是：明亡于崇祯帝煤山自吊，灭明者为"贼"（李自成），大清是从"贼"的手中夺的天下。乾隆四年（1739）定稿颁行的《明史》，就在崇祯帝死后称"明亡"。整部《明史》，对隆、永等南明之君都无一字的记载；"一年皇帝"朱由崧则收在《列传第八·诸王五》里，且云"自立于南京，伪号弘光"，将熠火不熄、奋战不休、一直到康熙元年（1662）才最后扑灭的南明事迹一概抹杀。

《明史》的修撰，明确把握并坚持的一个重大核心理念，即正统观，它以崇祯殉国画线——之前承认明朝居"天命"与"正统"，明亡后就由清朝继承其中国王朝的地位，而其他皆为残渣、余孽与伪寻，以此来强调大清统治的合法性。

清廷对明朝采用肯定和否定的"两手"策略，其统治技巧可谓精巧圆熟。孟森称赞满族为"善接受他人知识之灵敏种类，其知识随势力而进"，前期诸帝比明中后期的都强，可惜末代子孙"死于安乐，以致亡国"。

密折政治之密

古代帝王长期幽居深宫，与外界隔阂，又不信任官僚机构，因此大多会安插耳目于朝野，以窥察臣子的举动，了解民间动向。历代的特务机构，就在如此情形下产生。清初帝王或许从明朝"厂卫"看到，特务机构成事不足败事有余，但情报又必不可少，便以密折制度代替特务机构。

"密折"就是密奏，即臣子给皇帝的奏折中，附奏机密要事，或揭发臣子作奸犯科之事，或汇报重案、民情等。这些秘事，只有皇帝知道。臣子相互监视，相互牵制，混乱上下次序，只对皇帝个人负责。

密折始于康熙，但那时只是小范围，有密折之权者，仅限于少数亲信。雍正将其发展成固定制度，大范围推广，对在京的满汉大臣、地方上的要员，甚至部分低职官员，均实行密折制度——触角伸展到全国各地，到处分布着密折人员作为帝王耳目，而且不限于本职本地，不需要真凭实据，随时可风闻入告。据岳麓书社《雍正帝及其密折制度研究》一书记载，雍正在位短短十三年，密奏者竟有一千一百余名，密折多达两万两千余件。

雍正特别重视密折的保密性，一再对上密折的臣子强调："密之一字，最为紧要，不可令一人知之。"欲上密折，先做好保密工作，内容不得告知他人。只有雍正特别交代，转告相关人员时，才能传达谕旨精神。

对于不保守秘密之人，雍正会加以惩治。比如，闽浙总督满保、山西巡抚诺岷等人，曾将密折交亲信过目，雍正就废除了他们的密折之权。湖北襄阳府同知廖坤，以低职官员获密奏权，竟以此向同乡炫耀，事发即停止其折奏。

为了在"密"字上做到万无一失，雍正从密折的书写、送达、批阅、回收等各个程序，都作出严格的保密规定。

首先，密折必须由臣子亲书，只有少数特殊情形才能通融，如目不识丁的武将，或不通汉文的满人，方可由亲信代写，但要做到保密。

雍正专门定制一批带锁的皮匣，发放给有密折之权的大臣，密折均放入皮匣差专人送至京城。每个皮匣配两把钥匙，皇帝与臣子各一把，只有皇帝与写奏折的臣子才能够开启。

与一般奏折不同，密折到京后，不需要通政司转呈。封疆大吏的密折，交由特别的奏事处直达皇帝。其他地方官的密折，则交给雍正指定的王公大臣转呈。被指定转呈密折之人，有胤祥、张廷玉、隆科多等人，都是雍正的亲信，但他们不得拆看、过问其中内容。

密折由皇帝亲自批阅，任何人不得参与。史书记载，雍正曾披露说："各省文武官员之奏折……皆朕亲自览阅批发，从无留滞，无一人赞襄于左右，不但宫中无档可查，亦并无专司其事之人。"

尤为彻底的是，上密折的大臣，在收到雍正批复的一定时限内，需要将原奏折以及朱批一并上交，本人不得备份或留底。

通过密折制度，既防止了臣子的不法行为，还使皇权得到强化，内阁的作用被削弱。之前许多事，都由朝廷王公大臣公议，而通过密折，只需要皇帝批示即可。公权力的运行被私化、神秘化。另一方面，雍正通过这种方式监视臣子，臣子也能通过这种方式投机钻营或打击同僚，为自己谋私。

尤其可怕的是，密折将本应在台面上讨论的问题，变成私下交流。对诸事私下揭发，对他人私下弹劾，必然滋长告密之风。人人成为特务，而又人人自危。因此，密折政治最大的"秘密"，是没有特务机构的特务政治。

以钱赎权的代价

　　人们印象中，北宋赵匡胤是开国皇帝中难得的明主仁君。他在推杯换盏的谈笑之中收回了兵权，打破了鸟尽弓藏、兔死狗烹的历史魔咒。不过，赵匡胤的仁慈是有代价的，那就是巨额财政支出。也因此，百姓负担沉重，军力孱弱，且从此打开了以钱赎权的潘多拉魔盒。

　　赵匡胤鼓励功臣宿将及时享乐，他采用以待遇和财富赎买权力的政策，将功臣们，尤其是节度使曾经拥有的大权逐渐分解掉。北宋官员的正式收入在历朝历代中是最高的。

　　据《宋史·职官志》记载，宰相的年收入以购买力计算，大约相当于现在的两百万元人民币，这已是明朝宰相——首辅收入的五倍以上，而拥有宰相待遇的远远不止三五人。杯酒释兵权之后，节度使的待遇是最高的，比宰相还要高出三分之一左右，而拥有节度使待遇的人，比拥有宰相待遇的人还要多出许多。

　　以钱财换权力，基本上消除了对王权的内部威胁。赵匡胤的后继者们，包括南宋诸帝，延续了这种传统，形成了惯性思维。他们不仅将之用于国内政治，还延伸到对外关系，企图以钱财填补与虎狼邻国之间的权势落差。但这只是一种错觉和幻想，对外并不像对内那么灵验。

北宋建立时，北方游牧部族建立的辽国已经崛起为庞然大物。更为要命的是，辽国把幽云十六州控制在手中，中原王朝赖以屏障的万里长城以及山西、河北北部的众多军事重镇，几乎都在辽国掌控之中，宋朝北疆已经无险可守。自北宋建立之初，宋辽之间就战事不断。宋太宗两次北伐均以失败告终，自知力不如人，国防策略全面转向保守。

宋真宗继位后，宋辽战争烽烟再起，双方军队在澶州对峙。当时北宋国力已经超迈太宗时代，完全可以一战，但真宗仍然屈辱求和。他承续了前辈的传统——用钱摆平，他相信岁币可以解决边患问题。于是，宋朝每年向辽国交纳一笔巨额岁币，包括白银10万两、绢20万匹，后来每年又增加白银10万两、绢10万匹。

面对咄咄逼人的西夏军队，宋仁宗也如法炮制。虽然前线守将建立起了较为牢固的防线，控制住了西夏的扩张；但宋仁宗仍决定和谈，每年向西夏输送银7.2万两、绢15.3万匹、茶3万斤。

北宋岁币应对的是辽国和西夏，而南宋应对的主要是金国。金军南侵，宋军节节取胜，本来形势有利于宋朝，但宋高宗没有北上恢复故土的打算，他杀害了主战将领岳飞，向金国割地称臣，还每年交纳银25万两、绢25万匹。此后六十多年中，宋朝以岁币的名义向金国共输送银1485万两、绢1485万匹、铜钱300万贯文。

宋朝交纳岁币一事，到底该如何评价？对手的心里话最能说明问题。《齐东野语》书中《淳绍岁币》一文记载，金国大将金兀术在临死前，留下一句遗言，谈及岁币问题："江南累岁供需岁币，竭其财赋，安得不重敛于民。非理扰乱，人心离怨，叛亡必矣。"金兀术认为，让宋朝连年支付巨额岁币，是搞垮宋朝的不二法门。每年巨额的白银、绢帛，宋朝皇帝必定不会自掏腰包，最后都会转嫁到百姓头上，使得宋朝百姓在正常赋税之外，又多了一项沉重负担。长此以往，宋朝民力耗竭、怨声载道，必致众叛亲离。民心一失，宋朝江山岂能稳固？由此看来，宋朝支付岁币，不仅失去了金银，也失去了民心。

与此同时，宋朝一味地通过妥协、议和来苟且偷安，不仅在敌人面前暴露了自己的软弱，激发了他们的贪婪和野心；重要的是，造成将士的怯战、怯敌心理，极大地影响了军队战斗力。

宋朝每次求和，不仅输送大量岁币，甚至奴颜屈膝，称臣称侄。统治者本应知耻而后勇，大力发展国力军力，报仇雪耻；但他们大多不思进取，抱残守缺，将议和视为治边的良药，把岁币奉为对外的圭臬，国祚急剧衰败，便在情理之中了。

弱国的"武器"

历史剧《大秦帝国之崛起》在央视热播，将人们的视线，再度带回到两千多年前那段金戈铁马、纵横捭阖的峥嵘岁月之中。大秦崛起，横扫六国，其过程跌宕起伏，惊心动魄。而弱国操纵强国之手段，也令人印象深刻。当时国力最弱的燕国，竟把强大的齐国，玩弄于股掌之中，最后差点灭了齐。其中玄机何在？

燕与齐是邻国，燕弱而齐强。公元前314年，齐宣王乘燕国内乱大举进攻，燕军几乎覆灭。燕昭王即位后，处心积虑要报深仇大恨。他采用纵横家苏秦"谋齐"的策略，派苏出使齐国。

这时候的齐国，由湣王执政，同赵国保持着密切的盟友关系。故此，燕昭王授予苏秦活动的战略方针，就是"大者使齐毋谋燕，次可以恶齐赵之交"，以期齐国不再将战略矛头指向燕国。苏秦到齐之后，第一步棋便是破坏齐、赵之间的关系；第二步棋便是使齐国"西劳于宋，南疲于楚"——使齐国在攻打楚国的过程中逐步削弱自己，并在攻打宋国的过程中得罪其他几个对宋国虎视眈眈的大国，这样四面树敌的齐国便会陷入危难的败局之中。

在苏秦的极力怂恿下，齐王派兵攻打宋国。宋地处大国夹缝之中，攻打宋国牵动了各方的利益。齐与秦、楚等国关系越来越差。这时的齐王，被苏秦的"好话"和眼前的利益牵着鼻子，在一条通往深渊的道路上，越走越远。

齐国终于同秦国全面交恶。苏秦告诉齐王，应当乘胜拿下宋国，如果把大家都发动起来，兴许就把秦国给灭掉了。齐王派苏秦以齐使臣的身份，前往燕、赵、魏、韩，说服他们组织一个五国联军，共同伐秦。苏秦明里似乎在为五国谋秦做准备，暗里又为联合赵魏反齐做着筹划。眼看攻秦联军初步成形，齐王便加紧了对宋的进攻。宋国的灭亡，引起了诸侯的一片恐慌，秦、赵、魏、韩、燕等国联军反齐。结果，齐军大败，都城临淄被占，齐湣王被杀。

燕国之所以能借他国之力报仇雪恨，关键在于以利诱之，利用齐王贪婪和称霸的野心，唆使其不断征战，削弱了其国力；同时诱惑齐王攻占众人眼中之肥肉，引起公愤。其他强国当然不会坐视宋国被齐国独吞。于是，齐也好，秦也罢，都掉进了燕国设置的"复仇陷阱"。

引起强国之间争斗，坐收渔翁之利，是弱小国家惯用的生存策略。现代国际政治中，也常常能见到这种策略。当年朝鲜战争结束后，韩国统治者李承晚表示，如果美国不支持他在韩国建立的"专制政权"，那么这个国家就要垮台，而美国人在朝鲜半岛的态势，就会比继续支持他的效果更差。美国人为了维持在朝鲜半岛的影响力，不得不支持李承晚。如此一来，李承晚有了一份双边安全条约，还有一份来自华盛顿的承诺，即为了确保韩国的安全，美国军队可以根据需要在那里驻军。这就意味着美国保卫着一个"独裁政府"，因为李承晚对于"民主化"毫无兴趣。韩国成了李承晚而非美国所希望的韩国。李承晚发明了一种"勒索模式"，可以为所欲为：如果你对我太过施压，我的政府就会垮台，而你会为此感到后悔。当然，美国甘愿被勒索，是希望李承晚能够成为其在该地区的利益代理人。

弱者操纵强者的勒索模式，在冷战时期并不少见。或因地缘战略利益，或因意识形态关系，大国视小国为盟友。而某些小国正是利用这种关系勒索大国，把这种模式奉为圭臬，乃至得寸进尺、变本加厉。这种畸形关系不可能持久。国际政治中，维护本国利益为最高原则。如果得不偿失，大国便会弃小国如敝履。

廷杖的政治学

廷杖，即在大庭广众下杖打官吏的屁股。这种刑罚早在东汉就有，但一直以来使用并不普遍，直至明朝才改变。古人常说，士可杀，不可辱。当众打屁股，就是打脸。这种侮辱人格的刑罚，中国历朝历代从未明文写入刑法典，皇帝也不会轻易使用。

读书不多的朱元璋偏偏不信邪，对忤逆龙鳞的臣子打屁股，是家常便饭。众目睽睽之下，士人的斯文尽失。杀一儆百，朱元璋企图用这种方式，建立自己的绝对皇威。由于开国皇帝的高度重视，权臣权阉的推波助澜，廷杖官员成了明朝的一大风景。史载，明武宗创过一百零七人同时受杖的纪录；而时隔不久，这个纪录就被打破，嘉靖皇帝同时廷杖一百二十四人，其中十六人当场死亡。

廷杖的后果为何如此惨烈？首先在于工具的讲究。廷杖一般是由栗木制成，打人的一端削成槌状，且包有铁皮，铁皮上还有倒钩，一棒击下去，行刑人再顺势一扯，尖利的倒钩就会把受刑人身上连皮带肉撕下一大块来。如果行刑人不手下留情，不用说六十下，就是三十下，受刑人的皮肉连击带扯，就会被撕得一片

朱元璋像

稀烂。不少受刑官员，就死在廷杖之下。即便不死，十之八九也会落下终身残疾。廷杖最高的数目是一百，但这已无实际意义，打到七八十下，人已死了。廷杖一百的人，极少有存活的纪录。

虽从朱元璋开始，廷杖就成了普遍的刑罚，但在整个明朝仍未写入刑法典，是一种典型的"法外之刑"。官僚机构有自身的运作逻辑，法律有明文规定的，自有官吏照章行事，皇帝一般不便直接干涉。没有明文规定，皇帝就可以充分实行"自由裁量权"。打谁，打多少下，全由皇帝说了算，有很大的随意性。廷杖分"用心打"和"着实打"，"着实打"可能会导致残废，"用心打"则必死无疑。至于采取何种打法由监刑官按皇帝的密令决定。

天威难测，臣民无所适从，皇权的威慑力自然得以强化。这或许是明朝皇帝既滥施廷杖，又没有将这种刑罚写入法典的用心所在。罚与不罚，罚之轻重，皆由圣心。罚由心出，法由心生，是人治社会的本质特征，也是专制统治者心中的"政治学"。

廷杖的"学问"还表现在执行和监督上。

执行者是锦衣卫，而非刑部。锦衣卫是皇帝的特务机构，不受法律约束，唯皇命是从，而且锦衣卫手段残忍，臭名昭著，无形中增强了恐怖气氛。

明朝宦官虽受皇帝宠信，但在饱读诗书的士大夫眼中，他们仍是"阉货"，从心底里看不起他们。朱元璋偏偏让宦官监督实施廷杖，以此当众凌辱读书人。尤其是宦官刘瑾专权之后，所有受刑者必须扒下裤子，亮出臀部，接受杖刑——对读书人来说，这更是奇耻大辱。

让宦官监刑，是朱元璋们对士人的"诛心"之举——你们这些读书人对寡人不忠，不光要受皮肉之苦，还将斯文扫地，一文不值。正如明史专家吴晗这样分析朱元璋，"平定天下以后，惟恐廷臣对他不忠实，便用廷杖来威吓镇压，折辱士气，剥丧廉耻。使当时士大夫们在这血肉淋漓之中，一个个俯首帖耳，如犬马牛羊"。

不过，并非人人都屈服于淫威。太监刘瑾专权期间，时任兵部主事的王阳明大胆上书皇帝，要求释放被刘瑾抓了的言官。结果，王阳明被脱掉裤子廷杖四十。九死一生的王阳明来到贵州龙场，参学悟道，终成一代哲学大师，成为中国历史上罕见的立德、立功、立言的"完人"。

杀与不杀的算计

在人们印象中，明朝开国皇帝朱元璋是个暴君。他残忍至极、嗜杀成性，屠刀一再举向功臣。然而，他在君临天下之前，却貌似一个仁慈的救世主。清代史家赵翼如此评价他，"以不嗜杀得天下"。

起兵之初，朱元璋的重要谋士李善长经常用刘邦的宽容大度来劝导他。"不嗜杀人"的刘邦最终问鼎天下，动辄屠城的项羽却自尽乌江。历史是最生动的"教科书"，逐鹿中原的朱元璋自然从善如流，身体力行。

1355年朱元璋占领和州，这是三个月苦战的结果。当时的红巾军将士们都想以屠城泄愤。谋士范常表示，打下一个城池便要让人民肝脑涂地，以后还能成什么大事？朱元璋于是下令送还掳掠的妇女，并禁止士兵为害乡民。

渡江之后，在攻取太平县之前，朱元璋让李善长预先起草了禁令榜文，贴在各个街道上，于是士兵没有一个敢胡作非为的。后来被誉为"国朝谋略无双士"的陶安看见这一支正义之师，忍不住夸赞"明公神武不杀，天下不足平也"。

打镇江之前，朱元璋为了保证镇江百姓的安全，预先找茬，给自己部下的将领都定了轻重不一的罪名，并安排李善长当众再三求情，此时朱元璋才与诸将约定"庐舍不焚，民无酷掠，方许免罪"，可谓用心良苦。于是攻克镇江之后，乡民甚至都不知道明军已经进城。

朱元璋手下大将常遇春，动不动就杀降卒，甚至屠城。有一次在击败陈友谅部队之后俘虏了三千人，常遇春立即要将他们全部坑杀。朱元璋得知后立即下令赦免所有的降卒。当赦令传来的时候，常遇春已经杀了一半了，朱元璋就把剩下的降卒都交给徐达，让他负责他们的安全。

如此"仁厚"的朱元璋，后来竟变得异常残暴，前后判若两人。洪武十三年（1380），朱元璋以宰相胡惟庸"逆谋"入罪，当时受株连获罪者达一万五千人，后来又有大小官员近四万人被诛杀。朱元璋意犹未尽，又借口凉国公蓝玉欲图谋反，大肆株连杀戮功臣名将，死者逾一万五千人。后世的史学家没有找到胡、蓝谋反的可信证据，看来"谋反"只是朱元璋诛杀功臣的幌子罢了。

朱元璋虽然变得如此嗜杀，但也有自己的算盘，明白什么人可以杀，什么人不能杀；何时可以杀，何时不能杀。洪武初年（1368），虽也有功臣被杀，但一般为个例。洪武三年（1370）诛杨宪，十二年（1379）赐死汪广洋，十三年诛胡惟庸、陈宁、涂节，基本是在清洗有擅权威胁的高级文官，不太牵扯功臣武将。因为此时天下尚未完全平定，想"鸟尽弓藏"还为时过早。

洪武十三年以后，明军基本控制了局势。洪武二十一年（1388），大将蓝玉破元朝后主，至此基本消除了元朝残余势力对明朝的威胁。接下来的洪武二十三年（1390）3月，元朝丞相、太尉皆降。至此，元朝势力不足为患，且朱元璋诸子已经成长起来，一定程度上可以取代功臣武将领兵征战，元勋的重要性日减。而从朱元璋个人来说，此时他年过花甲，为传位计，清除不稳定政治因素越来越有必要，大诛功臣，此正其时。

二十三年4月，朱元璋以发生在十年前的"胡惟庸案"为口实，大搞株连，因此被杀及夺爵（之前已故）的功臣有李善长、陆仲亨等一公二十一侯。二十六年（1393）初，蓝玉被告谋反，祸及功臣甚众，前后死者共有一公、十三侯、二伯。胡、蓝两案，涉及功臣数十家。其余陆续被诛于朱元璋晚年者，又有周德兴、傅友德、王弼、冯胜、李新、谢成等公侯。

至此，一起打天下的功臣被诛殆尽。朱元璋如此嗜杀，与他之前的不嗜杀"异曲同工"，都是为了"天下"——不杀是为了赢民心，夺天下；杀是为了除威胁，坐天下。

在朱元璋眼里，大明如同他与功臣们一起创立的"公司"，他是"董事长"，一同出生入死的功臣则是"以血入股"的股东。朱元璋诛杀功臣，既是为了防止他人觊觎"董事长"之位，也是为了将"公司"变为朱姓一家独有。

认罪典型的炮制术

对谋逆案犯，古代统治者大都处以极刑——从肉体上消灭，以绝后患。清朝雍正帝是个特例，他对煽动谋反的民间书生曾静恩威并施，将其塑造为洗心革面的"认罪典型"，试图以此收服天下人，特别是士子之心。

曾静是湖南乡间的秀才，以授徒为业，受大儒吕留良影响甚深，有反清思想。雍正即位后，曾静派弟子张熙鼓动川陕总督岳钟琪反清，岳钟琪随即上奏，曾、张被抓。严审之下，曾静表示认罪和悔过，写了《归仁录》。

雍正是满洲人入主中原的第三任帝王，此时清政权已有近八十年历史，但不少汉人仍然反对与抗争。他们怀念明朝，对流亡的南明政权，甚至吴三桂叛乱寄予厚望。这般情势，激发了不少知识分子坚守对前朝的忠贞，不吝身家性命地参与反清复明的种种行动，如吕留良对永历小政权尊崇之至，直呼清廷康熙年号而毫不避讳。

面临统治合法性危机的雍正，决定好好利用曾静案。他不顾以和硕怡亲王为首的一百四十余位大臣的联名反对，将两年来关于此案的上谕，以及曾静口供和《归仁录》，合编成《大义觉迷录》。此书除了极力论证清廷统治的合法性外，还驳斥了"雍正修改诏书篡位"等传言，对曾静等人指责雍正的十大罪状（谋父、逼母、弑兄、屠弟、贪财、好杀、酗酒、淫色、怀疑诛忠、好谀任佞）进行了一一辩解。

《大义觉迷录》中，曾静的口供虽占了很大的篇幅，但内容千篇一律，都是按照雍正的口径进行的自我批判，口口声声"罪该万死"。这一切都经过御览，整理修饰，因而成为典型的"认罪八股"。

曾静的供词还详述雍正之隆厚圣德、浩大皇恩。如所谓"弥天重犯今日始知圣恩高厚，虽尧舜不过如此"，"皇上至德深仁，遍及薄海内外，其用意于民，固可谓亘古少媲"，"此是心肝上的实话"等等，连雍正也觉得"谄媚"。

曾静、张熙被免罪释放，放归原籍，还给了一千两白银和一个不大不小的官职。貌似真诚的仁慈与宽阔，使曾静成为雍正收买人心的一枚棋子。

吕留良等人鼓吹反清思想，影响广泛。雍正刊版发行《大义觉迷录》，要求朝廷上下、地方官吏人手一册，各级官员阅后发表读后感。不仅如此，雍正为了让曾静现身说法朝廷之英明，派大员带领曾静到江宁、杭州、苏州等地，进行宣讲，对吕留良等反清言论进行批驳，痛说自己误入歧途，并逐条批驳社会舆论对雍正个人的指责，消除影响。

让煽动者当宣讲员现身说法，借以制造舆论，确是一种前无古人的创造。雍正对付读书人手段之圆熟、残忍，由此可见一斑。他的努力得到了很大的成果，终于不仅扭转了一代士风，还大大加强了奴性教育。

乾隆即位之时，清廷的统治已经基本稳固。他意识到，《大义觉迷录》中雍正自辩的"情节"（如十大罪状），极易成为他人攻击朝廷的"靶子"，便将其列为禁书。因而在浩瀚的禁书目录中，出现了仅有的一种本朝皇帝的御制国书。

与此同时，乾隆以"泄臣民公愤"为由，将曾静罪名改定为"诽谤先帝"，与张熙一起凌迟处死。在统治者眼里，时过境迁，"认罪典型"已经没有利用价值了。

嗜权的太上皇

从刘邦封其父刘太公为"太上皇"开始，历史上共出现十五个太上皇。不过，除刘太公是"父以子贵"——刘邦夺取天下称帝后追封的外，另外十四位太上皇则都曾是货真价实的皇帝，他们或迫于形势被动交权，或倦于朝政主动禅位。

前种情形下的太上皇，大多是远离朝堂，从此不问政治，如玄武门之变后的唐高祖李渊、安史之乱后的唐玄宗李隆基；后者则是退而不休，紧握权力不放，凌驾于皇帝之上，极力干扰，甚至继续主宰朝政，典型莫如禅位于宋孝宗的宋高宗赵构、君临天下六十载后卸任的乾隆。

宋徽宗和宋钦宗被金人掳去，赵构南渡称帝。勉力支撑南宋朝廷三十五年后，不堪重负的赵构，在五十六岁的盛年（终年八十一岁）让位于孝宗。倦政的他虽无心恋栈，却有理由继续"关心"政治。

赵构退居德寿宫，隐然与孝宗的皇宫对峙，形成两个权力重心。朝廷的人事任免权一直在赵构的阴影笼罩下。

殿试第一甲的策文要经赵构过目，新任大员的谢恩折子亦要转呈。凡是进用的大臣，也必须奏禀赵构，而后才能任命；受职者自然要觐见谢恩，并听取赵构的指示。失宠的官员只要得到赵构邀请饮宴，便可望复职。皇亲国戚只要通过德寿宫的管道，便可能得到优差使，宦官甘昇甚至被荐往孝宗宫里任职，而且恃恩沽权，前后达二十年之久。

一旦有直接干涉的必要时，赵构绝对不会迟疑。乾道八年（1172），孝宗听从言官的弹劾，准许宰相虞允文自行辞职。赵构却令孝宗挽留他，而把言官外调。赵构八十大寿时，孝宗命杨万里为奉册礼官，不料赵构大怒，当日杨万里便被外放。原来耿直的杨万里在一次殿试时，曾将赵构比作被迫南渡的晋元帝。

赵构要维护自己在历史上的声名。他清楚知道自己的一些政策和手段有欠光明、易招非议。他在退位时坦白告诉左右大臣，"朕在位失德甚多，更赖卿等掩覆"。他借秦桧之手冤杀了岳飞。尽管孝宗明白岳飞的冤屈和战功，也只能有限地为他平反。昭雪和恩恤，例如追复原职、以礼改葬、重用后人等，都是以太上皇"圣意"的名义进行。这些平反，大都经过赵构允许才能进行。

除了人事权和自己的声名，赵构还要保障德寿宫的独立和利益。孝宗即位初年，御史袁孚获悉德寿宫售卖私酒，便上疏揭发。赵构闻讯震怒，孝宗只得罢免袁孚。赵构就是要让孝宗明白，德寿宫有绝对的独立自主权，宫中的问题只能由他自己处理，不容朝廷过问。

乾隆是历史上最后一个太上皇。他在即位之初曾说最多在位六十年，不超过皇爷爷康熙的六十一年。1796年正月初一，乾隆禅位于嘉庆，但是乾隆在禅位诏书里明确宣布："凡军国重务，用人行政大端，朕未至倦勤，不敢自逸。部院衙门及各省题奏事件，悉遵前旨。"言下之意，军国大事还得由他把持。据史料《李朝实录》记载，乾隆在接见朝鲜使臣时曾明白地表示："朕虽然归政，大事还是我办。"

一开始，乾隆还声称要将养心殿让与儿子，因此还专门修了座宁寿宫给自己，谁知后来搬离之事不了了之，他一直到死都没从养心殿搬出来。尤其可笑的是，紫禁城内继续使用"乾隆"的年号，"嘉庆"的年号只对外不对内。

乾隆无疑是历代太上皇中权力最大的，从执政到训政，退位和不退位没有什么差别。嘉庆除了得到一颗玉玺之外，毫无实权，只能"侍坐太上皇，上皇喜则亦喜，笑则亦笑"。嘉庆此言，道出了自己作为"儿皇帝"的尴尬和无奈。直至乾隆驾崩后，嘉庆才当了二十二年的实权皇帝。

权力需要贴上一张合法性的画皮，一旦缺乏合法性装饰，就变成了见不得光的"黑权力"。但在宋高宗和乾隆看来，他们拥有这种"法外之权"是天经地义的——继任皇帝的权力由他们所赐，所以皇帝也得听他们的——这是专制制度下国家公权力私相授受的霸道逻辑。

管仲"两手"待商贾

士农工商，由高到低，由贵而贱，这个等级观念影响中国社会几千年，商人一直在底层游离挣扎。这个社会分层理论的始作俑者是春秋时期的管仲。

其实，早在殷商时期，人们非常乐于经商，也善于经商，商人的社会地位并不低。但商亡周兴之后，周朝的建国者们认为，民众热衷商贾，荒废了农业，造成民心浮躁、国基不稳，导致殷商之亡；因此，转而推行鄙视商贾的重农政策。在周朝，商人的地位非常低贱，常与处于奴隶地位的妾并列。士大夫必须远离商人，不能与商人混居在一起，商人离开居住地则不得与士大夫交谈。贵族们不能进入市场进行交易，否则就会受到惩罚。总结前朝败亡教训却不得要领，周王朝抑商贱商也没有能够使国运永昌。

周朝王纲解纽，春秋战国群雄争霸。国君们知道商贾于国有利，因此争相招揽。于是，商业大势勃兴，商贾的地位蒸蒸日上，可以说这是商贾在中国历史上的黄金时代。

管仲本人就是商贾出身，早年他与鲍叔牙合伙做生意时，总要多拿一些利润。别人为鲍叔牙鸣不平，鲍叔牙却说，管仲不是贪财，而是他家里穷。管仲对贫穷之苦有切身体会，他明白，不管是发家致富还是富国强兵，商业都少不得。管仲担任齐相期间，提出了"以商止战"的强国战略。就内政而言，"以商止战"就是发展商品经济，让国民富裕而不至于因贫造反。管仲说，百姓厌恶贫困低贱，我要使他们富足显贵。管仲大力发展手工业和商业，扩大对外贸易。齐国经济很快出现了繁荣态势，齐国迅速崛起为诸侯国中的经济强国。

在实践上，管仲把重商当作富民强国的法宝，但他却又在理论上把商人压在社会底层，这暴露了他的矛盾心态。在一个重商主义和自由贸易盛行的社会，很难完全控制人的利益、欲望和思想，自然也无法完全控制人的行动。掌权者认为这会对政权稳定构成威胁。社会学家袁方对此有深刻的认识，他认为，管仲"为了政治的目的，有意要把商贾的地位压下去。这是当时商业发达和政权冲突的原故"。管仲的"士农工商"社会分层在当时还只是"理论蓝图"，但后来在历代统治者的推动下逐渐制度化，变成活生生的现实。

秦始皇时期，商人和逃犯地位差不多，在秦始皇极为欣赏的《韩非子》中就把商人当作"五蠹"之一，认为是应除掉的。汉初推行黄老之术，无为而治，商业得到发展，但商人的社会地位依然低。文景之治后，商业呈蓬勃之势，对外贸易也得到了长足发展。当时流传着这样的俗谚："用贫求富，农不如工，工不如商。"商人虽已致富，但在法律上仍受歧视。到了汉武帝时期，又开始奉行"抑商"政策，商业受到打击。

李唐统一全国后，经过贞观前期的几年发展，迎来了新的盛世。商业也得到了长足的发展，长安成为当时世界上最繁华最繁荣、商业氛围最好的城市。不过，大唐商业虽然繁荣，商人的社会地位依然很低，商家子弟不能参加科举考试，他们进入社会上层的通道基本被堵死。

开放包容的唐朝如此，其他王朝再好也好不到哪里去了。统治者对待商贾的矛盾心态，一直贯穿中国古代史，政策总是在"重商"和"抑商"之间摇摆。一方面，希望通过兴商强国，另一方面又企图通过抑商来维护政权稳定。当然，不管是"重商"还是"抑商"，商人始终不是历史的主角。

虚美隐恶的"艺术"

　　近年发掘的西汉海昏侯墓，将刘贺这位几乎被历史遗忘的皇帝，曝光于世人面前。刘贺在位仅仅二十七天，就被废黜。普通的历史年表，几乎见不到这位皇帝一丝一毫的行迹。在《汉书》等基本史籍中，对他的记载，在一些关键问题上模糊不清。而废黜刘贺帝位的黑手——大奸大恶的霍光，却以大忠大贤的形象留存于青史。何以如此？

　　汉武帝在册立刘弗陵为太子的同一天，指令四位大臣辅佐少主，外戚出身的大将军霍光为首辅。汉昭帝刘弗陵二十来岁就去世了，没有子嗣，汉武帝的另一个孙子刘贺被推上帝位。刘贺被废，接位的是汉武帝的曾孙刘病已，即汉宣帝。在废与立的过程中，霍光起了主导作用。

　　后世史书讲到霍光辅政，多是褒扬之词，其影响最为深远的，则属班固在《汉书·霍光传》中将霍光与辅佐周武王的周公和辅佐商汤的伊尹相并比。实际上，霍光在昭、宣两朝的所作所为，不过是挟持幼主以号令天下，完全不能与周公、伊尹同日而语。

霍光先后设法除掉了另外四位辅政大臣，自己独擅朝纲，昭帝只是摆设而已。霍光迎立刘贺，也只是把他当傀儡。谁知刘贺竟然头脑发热，真的做起皇帝来。他不仅在众目睽睽之下，公然冒犯霍光的权威，而且着手调整宫廷禁卫兵马，企图掌管要害部位。霍光抢先下手，废除了刘贺刚刚登上的帝位。

　　与刘贺相比，新皇帝刘病已的辈分又降低一辈，这显然更利于霍光控制朝政；且宣帝刘病已长养于民间，没有政治势力作根基，因而也更容易摆布。从表面上看，这似乎很容易重新造就一个合乎霍光理想的傀儡皇帝。

　　霍光对初入皇宫的宣帝防范甚严，令太后一直居住在皇帝居住的未央宫内，以对其施以震慑和监督。后来，为防止太后反遭宣帝控制，霍光安排太后回到长乐宫中，并派自己的人在此守卫。汉宣帝即位以后，几乎没有表现出任何控制权力的欲望。

　　霍光心里仍不踏实，为了试探虚实，在宣帝即位的第二年，霍光作出了"归政"的姿态。主弱臣强，宣帝只能是"谦让不受"。霍光当时满意地看到了自己想要的结果，废黜刘贺所造成的威慑力，足以让宣帝清醒地认识到自己所处的地位，而其独擅朝政的局面似乎已经无法动摇。为了进一步巩固权位，霍光的妻子竟然买通医官，残忍地毒死了皇后许氏，然后将自己的女儿立为宣帝皇后。事后霍光批示，对医官不予追究。

　　然而，霍光大大低估了宣帝的能力。宣帝与生长于皇宫王室而不知世事的昭帝、刘贺完全不同，长期的民间生活使得他明白世间奸邪、吏治得失；同时，他又很好学，有良好的文化修养。

他能够理智地审时度势，妥善处理和霍光及其党羽的关系，且完全有能力破解霍光那一套权术和手腕。但宣帝十分清楚，轻举妄动，只能重蹈刘贺覆辙。他要做的事情，只是耐心地等待时机。

更为重要的是，宣帝明白，霍光废黜刘贺帝位的合法性，与自己登基做天子的合法性，这两件事是一体相连。换句话说，就是宣帝继承大统的合法性，是以废黜刘贺帝位的合法性为基础的。宣帝心里明白，否定霍光，就是否定自己。

直到霍光死后，亲政的宣帝才开始逐步清除霍家势力。尽管他内心对霍光其人深恶痛绝，表面上却不"全盘否定"，还继续加以尊崇，更不对其家人赶尽杀绝。宣帝特别强调霍光的功绩在于"定万世策，以安宗庙"。这样还不够，宣帝又亲自动笔撰写诗歌予以赞颂。宣帝还将股肱大臣的画像挂在麒麟阁，霍光居于首位，供大家瞻仰学习；而且其他诸臣都署官爵姓名，只有霍光不署名，称"大司马大将军博陆侯姓霍氏"，以示独尊于诸臣之上。宣帝为了彰显霍光的功绩，运用了多种"艺术手段"，可谓煞费苦心。

后世不少史家以宣帝的"证词"为依据，把霍光写得光彩照人。殊不知，虚美隐恶，阴阳两面，是古代统治者惯用的操纵手段和统治艺术，洞幽察微的史家竟也被蒙蔽了。

铲奸除恶的加减术

严嵩被称为明朝六大奸臣之一，他在嘉靖皇帝时期专权二十年，其子严世蕃依凭其父庇护，贪赃枉法，作恶多端。官员们前赴后继地弹劾，都无法将他们扳倒，反而被其构陷冤杀，沈炼和杨继盛两人便是如此。不过，严氏父子最终栽在徐阶的"加减术"上。其中玄机颇值得玩味。

嘉靖醉心于仙道修玄和长生不老之术，懒得理政管事。善于谄媚的严嵩，便有了擅权的可乘之机。严嵩执政晚期，由于专权过久，权力过重，慢慢引起嘉靖猜忌。此时，御史邹应龙上疏弹劾严氏父子，按照他们所犯罪行，必死无疑；但嘉靖只是革去严嵩的官职，把他赶回江西老家，严世蕃则被谪戍雷州。严世蕃本性不改，途中逃跑回家，继续行凶作恶，在御史林润弹劾之下，被重新缉拿归案。

严世蕃虽被关进狱中，却并不害怕，他口吐狂言："任他燎原火，自有倒海水。"原来，严世蕃已经看透了皇上。邹应龙和林润在上疏中，主要是揭发他们招财纳贿之罪。严世蕃认定，在这一点上，不必隐讳和顾虑，因为当今皇上并未真正治过多少贪官；而沈炼和杨继盛两案，廷臣经常谈论，算为严家罪案，可是邹、林的上疏中并未提及。严世蕃心中盘算，沈、杨被杀，虽由其父严嵩拟旨，终究是皇上批准，若重新提及，必然触怒皇上，加罪于上疏者，那时自己就可以脱罪了。严世蕃安排心腹在朝中大肆宣扬"沈、杨两案不加入，难以扳倒严氏"。

刑部尚书黄光升、左都御史张永明和大理寺卿张守直等人果然中计，他们在三法司会审的奏稿中，把沈、杨两案加入。上奏嘉靖前，他们先请内阁首辅徐阶过目，徐阶说：沈、杨被杀，虽是严嵩所害，但终是皇上批准，此疏一上，无异归罪皇上，皇上必然震怒，诸君必然获罪，那时严世蕃反倒逍遥法外了。

徐阶在替三法司重拟的奏稿中，为皇上避讳，删掉了沈、杨两案相关内容，重点在聚众谋反上做文章，虚构了严世蕃通匪、通倭、谋反的情节：通匪方面，大海盗汪直巨额行贿严世蕃，以图谋取官职；通倭方面，严世蕃的亲信罗龙文招集汪直余党五百余人，密谋与严世蕃外投日本；谋反方面，严世蕃指使罗龙文，招集亡命之徒和旁门左道之流四千余人，请来谙晓兵法之人，暗暗地进行操练，还重金收买刺客十余人，专门用来杀人，慑制众人之口。果然，此疏一上，严世蕃和罗龙文被斩首，严嵩被削籍为民，在贫病交加中死去。

徐阶浸淫官场多年，深沉老辣、洞幽察微，他对嘉靖的了解不亚于严世蕃。在嘉靖看来，只要臣子忠于朝廷，能够弄来足够的银子供皇室开销，招财纳贿不过是小节。嘉靖最在乎的，是皇家颜面和江山稳固。他可以对官员腐败睁一只眼闭一只眼，但不能容忍臣子揭他的短，对"谋逆"一词尤其敏感。

徐阶对严氏父子罪行的"减"与"加"，是看准了皇上心病后的对症下药——顾及皇上颜面，合乎人之常情。诬陷谋逆，则是不择手段。当年，严氏父子也是用这个罪名构陷沈炼、杨继盛的。可能在徐阶看来，把谋逆之罪加在严世蕃头上，也算是以毒攻毒。

严氏父子恶贯满盈，罪有应得。然而，义正词严的弹劾不能奏效，却要靠阴谋和权术才能获得成功，这是对所谓"谋逆"罪名和皇权合法性的莫大嘲弄。

权阉的"软实力"

明熹宗朱由校特别宠幸太监魏忠贤，对他的封赏不断加码。魏氏的爵位，从伯而侯而公而上公，很快达到最高。他先被称千岁，后被称九千岁，最终居然当上"九千九百岁爷爷"，离万岁只有一步之遥，朝廷大权尽在其掌控之中。

朱由校的先祖朱元璋推翻元朝，剪除军阀，当上万岁爷，凭的是武力。魏忠贤自废"武功"，净身入宫，竟亦能权倾天下，可谓与朱元璋殊途同归。朱元璋做梦也没想到，自己浴血打下的江山，竟任由一个太监肆意蹂躏。

明代大学士文震孟之子文秉写文章说，明王朝虽是被李自成的农民军直接推翻的，但亡国的种子，却从魏忠贤专权时就种下了。魏忠贤、李自成均是明王朝的掘墓人，只不过，李自成是沿袭朱元璋"官逼民反"的暴力手段，魏忠贤凭的却是"软实力"。

魏忠贤的出身与朱元璋差不多，都属于社会底层。比朱元璋稍好的是，他家里有几亩薄田；与朱元璋一样，魏忠贤没上过一天学，无法通过科举改变命运。已娶妻生女的魏忠贤，因赌博欠债被打，决定自阉入宫。

魏忠贤从底层太监做起，先倒马桶，后当伙食管理员。幸运的是，他等来了生命中的"贵人"——后来登上帝位的皇长孙朱由校。朱由校一出生，就由魏忠贤贴身服侍。魏忠贤了解小主人的脾气秉性，懂得如何曲意逢迎，极尽讨好之能事。皇帝喜好武事，魏忠贤就苦练骑马射箭，陪着皇帝控弦驰骋。皇帝醉心于工艺，他就及时提供称手的工具材料。皇帝在水面荡舟取乐，不小心翻了船。魏忠贤不会游泳，竟不顾一切地跳进水里救皇帝，差点搭上自己的性命。皇帝甚是感动，从而更加信任他。

不仅如此。魏忠贤还挖空心思讨好与皇上感情极深的乳娘客氏，与她搞上了"对食"。古代大部分宫女没有机会见帝王一面，为了找寻精神寄托，跟太监结成名义上的夫妻，搭伙共食。客氏原来的"对食"叫魏朝，也是皇长孙一房中的太监。魏忠贤管理伙食，与客氏接触多了，乘机对她大献殷勤，百般讨好。朱由校上位，客氏跟着一步登天，谁处在与其"对食"的位置，谁就可能获得重大利益。两魏争风吃醋，矛盾激化。客氏最终选择了魏忠贤。

有了皇帝的贴身忠仆和皇帝乳娘的"相好"这双重身份，魏忠贤的地位迅速攀升，掌印太监与秉笔太监两个重要职位一肩挑，成为宦官中的尖端人物。幼稚的皇帝，需要一个既忠诚又亲切的政治代理人，魏忠贤自然成了第一人选。

魏忠贤掌握内宫权柄后，将手伸向朝政大权。他把自己打扮成济世能臣，甚至贤明圣君。在许多根据其意图拟定的圣旨中，充满了对他本人的褒奖颂扬。他称赞自己"一腔忠诚，万全筹画。恩威造运，手握治平之枢；谋断兼资，胸涵匡济之略。安内攘外，济弱扶倾"。他还说自己是"独持正义，匡挽颓风……功在世道，甚非渺小"。对于战场上的胜利、国家工程的完竣，乃至天降祥瑞、风调雨顺，凡在当时能称得起政绩的东西，他都毫不客气地揽在自己名下。

魏忠贤还在自己的名字上大做文章，朝自己脸上贴金。他以前叫什么已不知，入宫后改名李进忠。后来恢复了本姓，叫作魏进忠。魏忠贤这个名字，则是在朱由校上位后第二年再次更换的。按照公开的说法，此名来源于御赐，但实际上是魏忠贤本人的意思。贤者，德才并茂也。当时魏忠贤在宫中刚刚红起来，企图染指朝政。要当朝秉政，当然不能没有突出的政治才能。

但是，魏忠贤的"政治才能"，主要表现在打击政敌，培植阉党，祸乱朝纲。他的所作所为，一步一步地掏空了明王朝的统治基础。崇祯皇帝继位后铲除了魏忠贤及阉党势力，励精图治，但此时的大明帝国，已百孔千疮，任谁也无力回天了。

吴王夫差宠幸西施而国灭，李隆基宠幸杨玉环而唐由盛转衰，吴三桂因为陈圆圆而怒引清兵入关，人们常说美女"倾国倾城"，未料一个太监竟也能"倾国倾城"。

相权的黑洞

秦朝始建帝制，皇权正式产生；同时设丞相，以其作为中央行政体制的首脑，相权应运而生。丞相（或宰相）扮演着帝王最为倚重而又最为忌惮的矛盾角色。

一方面，丞相统领群臣，处理政务，是帝王行使权力必不可少的帮手；另一方面，丞相是国家的"二把手"，一人之下，万人之上，篡位的话比其他人容易得多，往往被帝王视作最大威胁。

曹操以汉丞相名义征讨四方割据政权而坐大，封魏王，加九锡，一步步吞噬刘汉国祚，其子曹丕顺理成章地将江山改姓。螳螂捕蝉，黄雀在后。隐忍的司马懿终于熬成了魏国的"二把手"，其子孙如法炮制，最终取代曹魏政权。

霍金的"黑洞理论"指出，宇宙物质密度过大，达到一个极值，就会形成黑洞，能吞噬包括光在内的一切物质。同样，相权过大，也会形成一个黑洞，它不是吞噬皇权就是吞噬自己。当相权膨胀到一个极值，夺他人江山如探囊取物；而当帝王稍稍感到相权的威胁时，便会早下杀手——轻则罢官去职，重则满门抄斩，牵连无数。因此，一些为相者往往如履薄冰，自剪羽翼，以免引起猜忌。

中国古代史就是一部皇权与相权此消彼长的博弈史，其中更多的是皇权对相权的打压，这在明朝尤为血腥和惨烈。

朱元璋来自社会最底层，深知皇位的来之不易，因而对可能威胁皇权的人极为敏感。洪武十三年，他以宰相胡惟庸逆谋起事、私通外国入罪。事发的导火索是胡惟庸未将越南来贡之事上奏，而接受贡使瞻觐属于皇权而非相权的范围。事实上，后来的史学家一直未找到胡惟庸谋反的证据。接见贡使可能只是胡在细节上的大意，或许他当时并未有谋逆之心。但在朱元璋眼里，胡惟庸是否有谋反之心并不重要，关键是他有这个实力。

在罪名之下潜藏的是相权与皇权的冲突。宰相作为文官之首，有铨选之权，可以将职缺派给自己的亲信——实际上可在未经皇帝的许可下，组织起整个政府体系。朱元璋无法容忍其统治权被相权架空的可能性，于是他铲除了胡惟庸及当时与他有关的所有人。据朱元璋自己估计，当时获罪者有一万五千人。此后，肃清"逆党"的余波持续十四年，其间又有大小官员近四万人被诛杀。

除了从肉体上消灭外，朱元璋还从制度着手，废除了宰相职位，分权于六部、五府、都察院、通政司、大理寺等衙门，皇权得到了空前加强。但朱元璋个人精力毕竟有限，无法应对整个帝国庞杂而具体的行政事务，后来他不得不设置内阁制。内阁首辅虽在某种程度上行使了宰相的职权，但其职责主要是做事，没有在法理上确立制度化的保障。这反映了朱元璋的心机和对相权猜忌之深：既要有人替他做事，又不给人以实权和名分。作为雄才大略的开国之君，朱元璋可以这样做，而对一代不如一代的继承人来说，这样做就有点勉为其难了。

年幼即位的万历皇帝，靠内阁首辅张居正稳定朝局，推进改革，增强国力。张首辅的权势一度达到巅峰，是明代唯一生前被授予太傅、太师的文官。张居正最终为万历帝所忌，去世后被抄家，追夺生前所受玺书、四代诰命，以罪状示天下。而且张居正还险遭开棺鞭尸，家属或饿死，或流放。张居正在世时所用的一批官员有的削职，有的弃市。

即便皇权再怎样忌惮相权，终究是离不开它；因此不管在哪个朝代，相权都存在，或强或弱，职位、名称也不尽相同，或曰大司徒，或曰中书令，或曰同平章事，或曰军机大臣，或曰总理（清末）等，不一而足。

中国古代史是专制制度不断强化的历史，至明清达到顶峰。皇权与相权之争的总体趋势是皇权加强，相权削弱。当然，在某一具体历史背景下，相权会有所加强，但并非大势与主流，皇权处于绝对优势地位。

酷刑的"教化"

朱元璋起于草寇，了解民间疾苦，嫉恶如仇，对贪官污吏恨之入骨。开国之初，他对各地官员责治甚严，贪污的数额在六十两白银以上的，就要枭首示众，并且剥下他的皮，皮里填上草，再把这"人皮草袋"置于衙门附近。他的用意很明显——以酷刑"教导"为官者要当好官。

"酷刑"一词在拉丁文中，本义为弯曲身体，最初只用于对付奴隶。但这种威慑效果颇佳的手段，迅速扩展为专制工具：弑君者、女巫、异教徒，都是严苛对待的对象。作为一种严苛的惩罚手段，酷刑在古代各个国家、民族都广泛存在，施刑方式也发展到五花八门，以制造肉体痛苦为目的。

众所周知，酷刑，极其残忍、暴虐、狠毒。残酷表面的背后，掩藏着它的深刻本义——权威。当权者缺乏权威或者权威受到挑战时，最直接的方式就是"以暴制暴"，以此来树立威信，秦始皇、汉武帝、武则天如此，元、明、清的皇帝更是如此。他们为了维护自身的权威和专制统治，尤其在社会矛盾激化、社会动荡时，屡屡抱着"刑杀以立威"的观念，起用酷吏，加强刑罚的严酷性。当我们翻开历史沉重的一页，细细剖析"凌迟、车裂、腰斩、剥皮、炮烙、烹煮、抽肠、剖腹、射杀、沉水、火焚、断脊骨"等酷刑，其字里行间，无不渗透出专权者的凶狠、残暴。

战国时期，秦国国力跃于各国之首，商鞅变法功不可没。但由于他执法严厉，得罪了权势人物。秦孝公死后，曾被商鞅割去鼻子的公子虔，诬告他谋反，结果商鞅被施以车裂之刑。车裂即五马分尸，行刑之时，在五匹马身上分别系上一根绳子，绳子的另一头则分别系在犯人的四肢以及颈部；再让五匹马分别奔向五个方向，犯人的身体一下子变得四分五裂。一代名臣，竟落得如此下场。

方孝孺是明代著名的散文家，学富五车，才华横溢，燕王朱棣夺得皇位后，要他投降并命他起草诏书，他却写了"燕贼篡位"四字！朱棣要灭其九族，他破口大骂：灭我十族又如何？人本有九族，何来第十族？朱棣横下一条心，把方孝孺的朋友、门生也列作一族，连同宗族合为十族，总计八百七十三人全部凌迟处死。凌迟，俗称千刀万剐，将犯人零刀碎割，使其极尽痛苦而死，这是古代最残酷的刑罚，主要是针对谋反、犯上作乱之人设置的。

被诬通敌的明朝名将袁崇焕也被凌迟处死。凌迟分为很多种，大致有三十六刀、三百六十刀和三千六百刀三种。袁崇焕被执行的，就是最可怕的三千六百刀。不过几乎没有人能扛过三千六百刀，袁崇焕在被割了三千五百四十三刀后死亡。

本来简单一刀就能取人性命，为何搞得这么复杂？法国思想家福柯在《规则与惩罚》中写道：酷刑把人的生命分割成"上千次的死亡"，在生命停止之前，制造"最精细剧烈的痛苦"。酷刑尽可能让受刑者感知死亡和恐惧，将痛苦无限放大。

对惩罚性的酷刑，当权者还要考虑的是观众的感受——以受刑者的痛苦来"教化"大众，使其不敢挑战权威，从而忠于朝廷。朱元璋用酷刑"教导"的不只是普通官员，更有他眼中的威胁者。开国功臣蓝玉被以谋反罪处死之后，也被剥了皮，朱元璋还下令把他的皮传示各省，见者无不胆寒。

红巾军有两套口号

中国历史上农民起义提出的口号虽形形色色，但大体上不外乎三类。

一是声讨当朝的暴政和腐败。如秦末陈胜、吴广起义的"伐无道、诛暴秦"，明末张献忠起义的"荡平中土，剪除贪官污吏"，隋末李密起义的"罄南山之竹，书罪无穷；决东海之波，流恶难尽"。

二是宣扬新的"天命论"——新朝取代旧朝是天命所归。如王莽篡汉后绿林起义的"刘氏复起，李氏复辅"，东汉末年黄巾起义的"苍天已死，黄天当立"。

三是描绘一个人人平等、财富平均的乌托邦社会。如唐末黄巢起义的"天补均平"，北宋王小波、李顺起义的"吾疾贫富不均，今为汝均之"，南宋初钟相、杨幺起义的"等贵贱、均贫富"，明末李自成起义的"等贵贱，均田免粮"，太平天国洪秀全起义的"有田同耕，有饭同食，有衣同穿，有钱同使，无处不均匀，无处不保暖"。

从整体而言，农民起义的口号内容很复杂，但就每次起义来看，口号内容相对单一，绝大多数只是以上三类中的一种。改朝换代是一个复杂的系统工程，需要最大限度地调动和整合各种社会力量。内容单一的口号往往只能满足一部分人的心理预期，因而只能调动一部分人的积极性。历次农民起义大多以失败告终，这有其复杂的历史原因，但口号是一个不可忽视的因素。元末红巾军起义是一个例外，它有两套口号。口号往往也是策略的反映。

因为通过宗教活动可以组织一部分力量，于是，红巾军初期的领导人韩山童就提出"明王出世""弥勒佛降生"的口号。明王是明教的神。明王出世的意思是光明必然到来，光明一到，黑暗就被消灭了，最后人类走向光明极乐的世界。弥勒佛是佛教里的著名人物。传说释迦牟尼灭度后，世界就变坏了，人的生活极度困苦。幸得释迦牟尼在灭度前曾说，再过若干年，会有弥勒佛出世，那时世界立刻又变得好起来：自然界变好，人心变善，抢着做好事，太太平平过日子；种的五谷，用不着拔草翻土，自己会长大，而且下一次种有七次的收成。这种宗教宣传，对当时受尽苦难的农民产生了深远的影响，他们希望有人来解救自己。

但是，这种宗教宣传对知识分子难以发生作用，一些念四书五经的儒生更不相信这一套。因此，对他们还得有另外一种口号。于是红巾军的领袖们针对一些知识分子不满元朝统治、怀念宋朝的心理提出"复宋"的口号。韩山童起兵之后被元朝政府杀害，红巾军就假托他的儿子韩林儿是宋徽宗的第九代子孙。

所以，红巾军有两套口号：一套口号宣传"明王再世""弥勒佛降生"，这有声讨当下恶政和描绘未来理想社会的双重功能，可以有效地团结和组织农民；另一套口号以恢复宋朝政权相号召，团结社会上信仰"天命"的儒家知识分子。

作为红巾军的将领，朱元璋起初的力量并不强大。他能够夺取天下，与他取得知识分子的支持分不开。他起兵后不久，就有一些知识分子投奔他，像李善长、冯国用、刘基、宋濂、章溢、叶琛等。这些人都是浙江、安徽地区的知识分子，在地方上有威望。他们替朱元璋出谋划策。在安徽时，朱升劝他"高筑墙、广积粮、缓称王"。李善长、刘基劝他不要乱杀人，不要危害百姓，要加强军队纪律，并经常把历史上成功的经验和失败的教训讲给他听。朱元璋从谏如流，最终问鼎天下。

而不属于红巾军系统的那些反元力量，像浙江东部的方国珍，以苏州为中心的张士诚，都没有像红巾军那样提出相关宗教的、政治的斗争口号，最终他们都被历史的洪流裹挟而去。

其实，太平天国起义军声势浩大，得到农民的支持并不比红巾军少。但太平天国以舶来的"拜上帝教"为意识形态武器，旗帜鲜明地反对儒家，几乎把当时所有的知识分子得罪光了。其政权自始至终都没有得到知识分子的支持，几乎没有什么著名的、重要的谋士。太平天国最终败亡，与此不无关系。

家奴当官

　　古代宫廷管理机构中，清代内务府算是个独一无二的存在。独特之处在于，其主要人员是包衣，他们在身份上属于皇帝的家奴。

　　早在民族形成之初，部落成立之时，贵族按等级的不同，会分到数量不等的奴隶，这些奴隶被称为包衣。包衣是贵族的私有财产，可以随便处理，而且是世袭的，无论传多少代，子孙都是主人的奴才。与通常意义上的奴才不同，这种奴才不只是做家务活，还可以去外地帮助主人看管财产。专制王朝是家天下，如果主人当了皇帝，包衣也可被派到外地做官，替皇帝"看家"。

　　皇帝任用包衣为官，有其深层用意。按照满族族规，包衣即便做了官，私下仍是皇帝的家奴。让包衣当官，皇帝掌控朝局的手段，除了行政官僚体系这条常规途径，又多了主奴这重私属关系途径。

　　包衣在清朝的政治制度中发挥着重要的影响力，尤其是在财政税收方面。清代的几个重要税差皆由内务府包衣专任。乾隆即言："各省盐政、织造、关差，皆系内府世仆。"在清代朝廷收人之中，盐课和关税分别是第二、三大宗，这些税收均由包衣经手。

包衣出任重要税官的代表性例子，莫过于曹雪芹的祖父——曹寅。曹寅之母孙氏是康熙的乳母，曹寅与皇帝名义上虽为主仆，但实际上二者关系亲密，因此曹寅长期担任两淮盐政、江宁织造。康熙曾六度南巡，曹寅四次接驾。接待皇帝的高昂成本被转嫁到盐政、织造衙门，造成财务亏空。康熙死后，在亏帑无法弥补的情况下，曹家被查抄，迅速走上衰颓之路。曹雪芹根据亲身经历写出了巨著《红楼梦》。此例显示包衣的仕途起伏受到皇权的影响，也说明包衣官员不过是皇帝掌权敛财的工具，有用则用，无用则弃，终归不过是家奴而已。

身兼朝廷官员和皇帝家奴双重身份的典型人物是英和。他二十三岁考取进士，后升为朝廷一品大员。即便如此，作为包衣出身的英和，必须为主人当差，尽奴仆之责。他在外朝任职，却也必须兼任内廷差使，负责为皇家监修陵寝。应道光帝节俭的作风，英和"裁省"物料，不料陵寝漏水，皇帝大怒，英和被夺官发往黑龙江当苦差，两个儿子也连同罢职遣戍。

清朝任用包衣为官的做法，类似于元朝的怯薛。成吉思汗为了巩固大汗权力，大肆扩充自己的护卫军——从各级户长和平民子弟中选拔，并称他们为"怯薛"。怯薛的其主要职责是，平时轮班护卫大汗金帐，承担各种杂役事务，大汗亲征时则冲锋陷阵。他们还经常奉大汗钦命出使各地建立怯薛军。怯薛与大汗之间是主奴关系。

皇帝们将主奴关系带入帝国朝廷的君臣关系当中。官僚体系因此在一定程度上丧失了公共性，其对皇帝的制约能力也遭到严重削弱，皇帝可以肆行己意，专权能力因而获得前所未有的提升，而臣民则匍匐在地。

历史学者张宏杰认为，中国古代专制制度的演进，导致国民性格大倒退，元明清三代尤甚。此言有些绝对，但说出了部分历史真相。春秋时期的贵族精神，魏晋时期的风流，大唐的雄健，宋代的君臣共治，经历元清两次"主奴式统治"劫数，似乎只剩下"奴才该死"了。所幸到了近代，有梁启超、鲁迅等文化巨人，为改造国民性而殚精竭虑，为提振民族阳刚之气而不遗余力。

古代平反有讲究

　　中国古代历史上的政治冤案数不胜数，当然也有不少蒙冤者获得平反。探究统治者平反冤案的时机和方式，发现其中大有"学问"。

　　一是冤案制造者已经作古或失去权势。绝大多数情况下，一个皇帝制造的冤案，总要等到新皇帝即位后，才有可能昭雪。

　　抗金英雄岳飞被宋高宗十二道金牌召回，最终冤死在风波亭。高宗在位末期，完颜亮发动侵宋战争，大臣中有人上书为岳飞鸣冤，但高宗不为所动。直到高宗当了太上皇，孝宗即位后，才"追复岳飞元官，以礼改葬，访求其后，特与录用"。

　　明英宗朱祁镇在"土木堡之变"中被俘，于谦等人拥立英宗的弟弟朱祁钰为帝。英宗复辟后，以意图谋反的罪名杀了于谦。英宗之子宪宗即位后，才追赠于谦"特进光禄大夫、柱国、太傅"。

　　二是朝廷对平反有迫切的政治需要。如果没有重要的现实原因，即使时间已过百年，制造冤案的当事人都已不在，朝廷一般也不会对冤案的全面平反有多少兴趣。

汉武帝太子刘据在"巫蛊之祸"中被迫自杀。武帝死后，昭帝即位。昭帝之后即位的宣帝，是刘据的孙子。为了强化自身的皇位合法性，宣帝开始为祖父刘据平反，同时还借机封赏了一大批恩人、外戚，从而构建起自己在朝廷中的嫡系势力，以对抗当时的权臣霍光。

明朝万历皇帝即位后，平反了一桩集体冤案，下诏为"靖难"中为建文帝尽忠而惨死的诸臣，如被诛杀十族的方孝孺等人，建庙祭祀。从建文帝的叔叔朱棣造反篡位算起，到万历帝时已近两百年，大明帝国已进入暮年，当政者最大的希望是利益格局稳定下去，不被人打破。此时，就得大力提倡方孝孺等人对建文帝的赤胆忠心，也需要一再强调曾被自己祖先朱棣破坏的皇位继承合法程序。因此，万历帝为方孝孺等建文朝忠臣平反，是出于一种政治需要。

三是为冤案寻找到了"替罪羊"，可以转移责任了，或在理论上可以自圆其说了。

冤杀岳飞的主谋者是宋高宗，而不是秦桧。孝宗为岳飞平反，丝毫没有动摇高宗的太上皇地位。高宗是借秦桧之力杀了岳飞，人们却都把愤怒发泄到秦桧身上。为岳飞平反时秦桧已死，但其党羽仍难逃清算。多少年来，秦桧铸像长跪于西湖的岳飞墓前，而高宗却一直"逍遥法外"。秦桧及其党羽成了"替罪羊"。

1766年，清朝乾隆皇帝颁旨明示：不再视前南明朝廷为"伪政权"，也不再视抗清的明朝大臣为"叛逆"。乾隆此次政治表态，正式结束了官方对南明史长达一百年的否定立场。此时乾隆所关心的是，何种价值观更利于维护政权的稳定？很显然，乾隆需要的是强烈的忠君观念，以及像南明史可法这样明知不可为而为之的忠臣。

乾隆在褒奖忠臣价值观的同时，还在颁定《钦定胜朝殉节诸臣录》时埋下了暗线（保险丝），以免褒奖"走火"，伤及清政权的合法性。乾隆下令扩大表彰前明忠臣的范围，不仅在书中加入了明初"靖难之变"的殉难者，还在书中收录了大量对李自成起义军进行抵抗的殉难者。全书真正意义上的抗清死难者比例只有两成多一点。由此，乾隆既肯定了南明抗清者的忠节，又极大淡化了《钦定胜朝殉节诸臣录》的抗清色彩。

1776年，乾隆下令编纂《贰臣传》，此书将降臣分为了两类。"甲编"收录了那些投降后对大清朝兢兢业业的降臣，对他们只是在道德上打入另册，有批有褒；而"乙编"收录的都是品行不端，特别是那些降清后仍与前朝不清不楚的人。七年后，乾隆又下旨编纂《逆臣传》，收录的都是如吴三桂、耿精忠这样的"降而复叛"者，或是当年曾先行投降李自成，清军入关后再次投降清朝的明臣。

从"殉节"到"贰臣"，再到"逆臣"，就这样，乾隆通过三本书对前明降臣进行分类定性，既肯定了忠臣价值观，又极力避免伤到其统治的合法性，可谓费尽心机，一切以稳固统治为出发点。或许，在古代统治者眼中，所谓"平反"只是一种政治工具，与真相和正义无关。

蔡京是谁的替罪羊？

历史上奸臣数不胜数，大多已成定论，基本上没有争议，如指鹿为马的赵高、专横跋扈的梁冀、笑里藏刀的李义府、口蜜腹剑的李林甫、万恶不赦的严嵩。还有些人则面目复杂，不能简单粗暴地列为奸臣，蔡京便是如此。

蔡京被扣上奸臣的帽子，肇始于一次太学生运动。宋徽宗宣和六年（1124），太学生陈东等上书，历数蔡京等六人之罪，请诛"六贼"，以谢天下。自此，"六贼"一词，便刻入史册，成了历史的定案。蔡京身居"六贼"之首的臭名也广为人知了。

历史上真实的蔡京，是个颇有作为的能臣——至少也是个有建树的权臣。蔡京进士出身，先后四次担任宰相，任期长达十七年，做了不少好事。改革家王安石认为他有安天下的宰相之才。

蔡京当政时期，推行济贫福利制度力度之大，在古代史上是罕见的。他主持兴建了居养院和安济坊。居养院相当于现在的福利院，安济坊则相当于医院。居养院收养对象重点是孤寡老人、难民、饥民、孤儿、流浪儿、残疾人等弱势群体，生活无着落者也可以得到救助。如若生病，可以在安济坊享受到免费医疗，死后可以葬在官家购买的"福利性公墓"——漏泽园。

北宋时期多战争，耗费很多钱财，不只有战争的损失，还有战败赔款，国库常年空虚。蔡京主持经济之时，对茶、盐、酒业进行大改革，让商品在全国范围内自由流通。这不仅减少了政府经营成本，同时增加了很多财政收入。

在教育方面，蔡京推行的举措有：全国普遍设立地方学校；建立县学、州学、太学三级相联系的学制系统；新建辟雍，发展太学；复设立医学，创立算学、书学、画学等专科学校；罢科举，改由学校取士。蔡京本人还是成就卓著的书法家。

当然，蔡京在德行上也有瑕疵。他为了维护新法，大肆铲除异己；常常给宋徽宗灌输不正确的价值观，认为人生短暂，应及时行乐；他个人生活奢靡腐化。但这些不足以给他扣上奸臣的罪名，其实，蔡京是误国庸君宋徽宗的替罪羊。

宋徽宗作为书画大家，艺术造诣精深，但他不是一个好皇帝。他作为一国之君，却沉溺于艺术，荒芜朝政，过分追求奢侈生活。他尊信道教，大建宫观，经常请道士看相算命，不问苍生问鬼神。在他统治期间，社会矛盾突出，农民起义风起云涌，国家危机四伏。

陈东上书不敢针对皇上，老宰相蔡京成了他的靶子。治国无能的宋徽宗没有认错，来个"罪己诏"什么的，而是把蔡京当替罪羊，将其罢黜。宋钦宗不但继承了他爸的大位，还继承了他爸的无能和错误。最终他们父子同被金人掳去，受尽屈辱而死。宋钦宗要是能正确对待陈东上书，平反冤案，纠正宋徽宗后期所犯错误，北宋可能就会是另一种政治局面。

蔡京被当作奸臣定格在历史的耻辱柱上，除因为朝廷和官史的武断定评外，还因了文学作品的渲染夸张。曹操"奸雄"的形象，因了《三国演义》而深入人心。黑化蔡京，以《金瓶梅》和《水浒传》为代表。

《金瓶梅》作者借古讽今，表面写宋朝，实为写明朝。书中描写蔡京，其实是在影射明朝大奸严嵩。作为严嵩的艺术形象的蔡京，自然被描写得罪大恶极。蔡京成了现实中巨奸的替罪羊。

《水浒传》主题是官逼民反，但不反皇帝，只反贪官，书中蔡京是贪官的主要代表，必须把他描写得极坏，才能说明造反的合理性。从根本上而言，逼反百姓的是皇权体制，在这里，蔡京"蒙冤"，成了体制的替罪羊。

从朝臣到厂卫

提出"厚黑学"的近代学者李宗吾，在《心理与力学》一书中指出：心理依力学规律而变化，即类似力与距离成正比，感情也与距离成正比。也就是说，人以自己为中心，离得自己最近的人最受信任；距离渐远，受信任程度也随之递减。李宗吾是用物理学规律来说明人的心理现象。在笔者看来，这也是对古代专制政治的生动而形象的阐释。

宰相，一人之下，万人之上，常常对皇权构成威胁。皇帝总喜欢用身边人来架空宰相。临时班子时间长了就演变成了正式的宰相，皇帝又不信任了，又开始用自己的另一拨亲信组成新班子取而代之。那么问题来了，如果皇帝觉得朝臣外官都不可信怎么办呢？

明太祖朱元璋为了独揽大权，干脆废除了宰相制度。朝廷本来有一套正式的监察系统，中央有都察院和六科给事中，地方有按察使；但朱元璋觉得都靠不住，便在私人卫队的基础上设立了特务机构——锦衣卫，负责侦察各级官员的言行举止。"厂卫"制度由此发端。"厂卫"是明代特务机构的统称，包括后来的东厂、西厂和内厂。

锦衣卫之下有南北镇抚司，南镇抚司掌管本卫刑名和军匠，北镇抚司专治诏狱，可以直接奉诏行事，不必经过外廷法司的法律手续，甚至本卫长官也不得干预。朱元璋把功臣杀得差不多，稳固了统治之后，便解除了锦衣卫的典诏狱权，大小案件都由法司治理。明成祖朱棣虽是靠推翻父亲的接班人建文帝而上台的，但依然用得着父亲发明的统治工具，于是锦衣卫恢复了权势，继续做皇帝的耳目，担负了猎犬和屠夫的双重任务。

锦衣卫虽亲近，但在编制上到底是外官，朱棣仍是不放心；再说时间一久，锦衣卫的权力日益增长，这在皇帝看来又是一个威胁，必须要另换一批新的特务来取而代之。朱棣当初起事时，曾利用建文帝左右的太监打探消息，即位以后，以为这些太监忠心可靠，特设一个东厂，由心腹太监执掌，职责是"缉访谋逆妖言大奸恶"等；由是，诬陷、屠杀、制造冤狱大行其道。除皇帝外，任何人都在它的监控之中，包括锦衣卫自身人员。

西厂由明宪宗朱见深设立，起因是"妖狐夜出"。一个道士以符术和太监勾结，私人内宫，事发被杀。朱见深厌恶此事，急于知道外面情况，虽有东厂，他还觉得不够，于是便叫太监汪直带人化装出外侦察。侦察了将近一年，外人竟都不知道。朱见深非常欢喜，就索性大规模搞起来，设立了西厂，由汪直执掌。西厂所侦察的范围，不仅限于京师。各地王府边镇，以及南北河道重要地方，甚至各省府州县，都有西厂的特务。西厂所领的特务人数，比东厂多一倍，权势超出东厂。

内厂又叫内行厂，是明武宗朱厚照设立的。专制政治发展到最厉害的时候，统治者不但对臣民不放心，对自己的特务也不会完全信任，往往另用一批特务来监视前一批特务。内厂就是这种特务中的特务之机关，东厂、西厂、锦衣卫都在它的监察之中，其行为比东西两厂更为酷烈。内厂在其头目刘瑾伏诛时被废。后来在万历初年设立、由太监冯保执掌的特务机构也叫内厂。

明朝四大特务机构除锦衣卫外，其余都由太监执掌。其存在时间长短不一，但其设立大体上遵循这样的规律：皇帝觉得原来的特务机构不可靠时，便由更加亲信的人设立新的特务机构。由外朝到内廷，从卫队到太监，最高侦缉权始终由皇帝亲信掌握，于是就构成了一条从外到内的统治工具链条：朝臣→锦衣卫→东厂→西厂→内厂。层层缉伺、层层作恶，以至于人人自疑、人人自危，造成了政治恐怖。

政治辟谣的金匣子

古代政治不透明，上层政治，特别是宫廷秘密，历来被统治者所遮掩，这为谣言提供了大量空间。各方势力重视运用舆论力量影响朝政，因而极尽造谣之能事。政治谣言满足了好奇心，人们在茶余饭后津津乐道。上下推波助澜，政治谣言的杀伤力惊人。"周公恐惧流言日"，即便是忠诚和智慧的周公，也惧怕谣言。

周公是西周开国功臣、周武王之弟。周武王病危时，周公曾向上天祈祷，请求代替周武王去死。事后，史官将周公所写的祈祷书装进金匣子。周武王去世前，委托周公辅助年幼的周成王治国理政。周公在辅政期间，制礼作乐，开疆拓土，建立不朽功业。然而他的三位兄弟管叔、蔡叔和霍叔，认为周公要将王位据为己有，便四处散布其欲篡位的谣言。不明真相的人盲目附和，一时流言四起，周成王也开始怀疑周公。管叔、蔡叔和霍叔以此为借口，联合纣王的儿子武庚，和东夷部落一起反叛。周公领军东征，成功诛杀管叔，流放霍叔，囚禁蔡叔，平息了叛乱。后来有一次，王室装档案的金匣子被风吹开，以前周公请求替周武去死的祈祷书露了出来，周成王这才相信周公是忠臣。

三国时期魏国曹植写了一首咏史政治诗《怨歌行》，"为君既不易，为臣良独难。忠信事不显，乃有见疑患。周公佐成王，金縢功不刊"，通过叙述周公诚心辅佐周成王而被疑这段史实，抒发了诗人自己不被理解，忠而被疑的痛苦，并希望魏明帝曹叡也如成王一样能够理解他。

这首诗被东晋的桓伊用来劝谏皇帝，为忠臣说话。孝武帝晚年嗜酒好色，亲近阿谀奉承之徒。当时，宰相谢安受到奸险小人的攻击，王国宝是其中之一。王国宝仗势欺人，谢安对他进行管束。王国宝心生不满，挑拨君王和宰相的关系。别有用心的人也造谣生事、煽风点火。桓伊看到皇帝被一群小人包围，很为国家前途忧虑。有一次，孝武帝请桓伊赴宴，谢安陪坐。精通音乐的桓伊就一边弹筝，一边歌唱曹植的《怨歌行》，借周公之事为谢安鸣不平。孝武帝听出了桓伊的用意，想起谢安对皇室一片忠心，自己却听信谗言，无端猜疑，不由得面露羞愧之色。

无独有偶。唐朝高僧玄奘在《大唐西域记》中也记载了一个金匣子装"忠心"的故事。玄奘向西求经途中路过的龟兹国，曾有个国王笃信佛教，他要到远方去瞻仰佛的遗迹。离开前，国王把弟弟叫到跟前，请他代管这个国家。弟弟在国王临行前交给他一个金匣子，并且告诉他，一定要等他回来之后才能打开。国王当时也没多想，带着匣子就走了。谁知国王回来以后，朝中大臣就向国王揭发，说弟弟趁他不在时与嫔妃淫乱内宫。国王暴怒，准备对弟弟施以极刑。弟弟却不慌不忙地提醒国王打开那个匣子。原来，弟弟把自己的生殖器割下来，封在匣子里让哥哥带走。连基本功能都没有了，淫乱自然是无稽之谈，兄弟之间的误会烟消云散。

权力是一把双刃剑，它既能腐蚀忠诚，也能腐蚀信任。权力实在太诱人，臣子大权在握，就有顺势上位的可能。君主心怀疑惧，对权臣的信任大打折扣，猜忌和防范便如影随形。

弟弟有着近乎冷酷的清醒认识，他早就预料到，由他来代管王国，各种谣言和猜忌便会随之而来。他如果不这样做，即使是清清白白，国王也很可能听信谗言，那么自己定是难逃一劫，所以他不惜以事前自宫这种极端而奇特的方式来证伪谣言。

修史中的徇私作伪

古代统治者很重视修史，把它当作建构统治合法性的重要文化工程，因而对编撰者的品、识、才要求甚高。不过，皇帝的用人标准不一样，所选之人亦是良莠不齐。一些编撰者因个人恩怨或掩盖或歪曲历史，所以说修史这项看起来高大上的公权力行为，也可能被品行不端者用来徇私。

因个人恩怨而歪曲历史，最典型的莫过于许敬宗。唐高宗时，许敬宗一跃而成为两朝实录的改修负责人。在改修时，他肆意歪曲事实：为了扳倒政敌长孙无忌，对其进行诋毁，诬其谋反，欲将其置之于死地。褚遂良与长孙无忌联手，对许敬宗之流进行了斗争；因此许敬宗在其所改的《唐太宗实录》中，对褚遂良也进行了诬陷。封德彝曾嘲笑许敬宗贪生怕死，许掌握改修实录大权后，对封大肆诋毁。

除了攻击仇敌外，许敬宗还为自己和亲戚粉饰，他采用"移花接木"之术，将唐太宗赏赐给长孙无忌的《威风赋》，说成是给尉迟敬德的，这是因为他与尉迟敬德乃联姻关系；同时，他还为女婿虚抬门面。

极尽粉饰之能事的还有沈既济。唐德宗时，沈既济为杨炎所荐担任史官，出于个人感恩心理，在所修《建中实录》中，对杨炎进行了粉饰，为杨炎收复河陇的主张唱颂歌。安史之乱后，河陇之地为吐蕃所占。杨炎任相后，提出收复河陇之地。为了证明杨炎主张的正确性，沈既济便在所修《建中实录》中，对大唐派往吐蕃的使者韦伦所见河陇之

《明太祖实录》书影

地的情况，进行了带有倾向性的描述，称滞留在河陇之地的唐朝士兵约五十万人，被吐蕃当作婢仆，受尽了折磨。他们希望王师收复河陇，使他们重见天日。杨炎的主张，因为引起兵变而流产，朝廷采取了与吐蕃谈判的政策，但沈既济仍在《建中实录》中为其大唱赞歌。

《明实录》的修纂者也常因个人恩怨而任情褒贬。《明英宗实录》记"土木之变"后，太监李永昌慷慨陈辞，力主抗战。其实，这是李永昌的儿子李泰在为之饰美。太监中力主抗战的是金英，而非李永昌。《明宪宗实录》的总裁、吏部尚书刘吉与内阁大学士刘珝、尹旻因争权不和，便在主持修实录时对此二人进行诽谤，把尹旻描写成一个遇事畏缩、变节自首的人，而刘珝则成了挑拨离间的小人。同是这个刘珝，在《明孝宗实录》中却成了

一个品德高尚的人。历史学家吴晗指出："同是一人，出于仇笔则为盗跖，出于故旧则又成夷、惠矣。"可谓一针见血。

二十五史之一的《魏书》，因大量歪曲事实而被称为"秽史"。其撰修者魏收说得最露骨：谁要是敢与我过不去，我手中的笔就不饶人，翻手为云，覆手为雨，吹之上天，嘘之入地。魏收曾得过阳休之的帮助，又受了尔朱荣之子的贿金，因而在为阳休之的父亲阳固以及尔朱荣作传时，极力掩饰他们的罪恶，甚至颠倒黑白，极尽溢美之词。

《南齐书》编撰者萧子显出身前朝帝王之家，为齐高帝萧道成一系的子孙后辈，又是当朝梁武帝萧衍的臣僚。豫章王萧嶷为齐高帝第二子，是萧子显的父亲。萧子显为了突出父亲的地位，自然要处心积虑地粉饰夸张：第一，特立专卷，以示与《高祖十二王传》不同；第二，肆意渲染，全传行文长达八九千字，大大超过了应有的比例；第三，无端拔高，把他父亲吹捧为"宰相之器"，功勋盖世，可比周公。

不难理解，古代统治者为了建构统治合法性而修史，最终目的是维护一姓王朝的整体利益；而编撰者徇私造假，只不过是搭了王朝体制的"便车"而已。

西门庆的焦虑

长篇世情小说《金瓶梅》表面写宋代，实则写明朝。它通过对兼有官僚、恶霸、富商三种身份的西门庆及其家庭生活的描述，为读者展现了一个由擅权专政太师、地方官僚恶霸，乃至市井地痞、流氓、帮闲所构成的污浊世界。可以说，此书是真真切切的晚明社会风情画，也是入木三分的官场现形记；既是西门庆的黑色发家史和纵欲沉沦史，也是他的官场挣扎史。

西门庆本是小商人家庭出身。他通过娶有钱的寡妇为妾、私吞亲戚家财产等手段，完成了资本的原始积累。随着经济实力的急剧膨胀，他常年占据清河县财富榜的首位。

虽然西门庆很富有，却也只是一个土豪，没啥根基。受"官本位"文化影响，一些商人一旦发了财，首先想到的是得到官府庇护，或试图直接进入官场。西门庆通过给权倾朝野的蔡京送礼，得到清河县理刑副千户之职，后升为正千户。

西门庆谋上官职后，就开始了以权谋私、以官护商的生涯。西门庆的官僚交际网，随着他财力的不断扩充，社会地位的不断提升，也有所变化：初时有生活在清河县城的下级官僚，如夏提刑、荆都监、张团练、周守备、贺千户等；中后期则主要是往来于山东的中级官僚，如蔡状元、宋御史、杨提督等，还有朝中上层权贵蔡太师、杨戬等人。

然而，靠金钱上位的西门庆，在那些文官面前，地位很低。他曾对儿子官哥儿说："儿，你长大来，还挣个文官。不要学你家老子，做西班（武官）出身，虽有兴头，却没有尊重。"

西门庆的官场自卑感，在一个女人面前表现得尤为露骨。在他的猎艳史里，有一个林太太很特别。她是王招宣的遗孀，王家属于清河县的名门望族，甚有权势。西门庆想通过征服官太太来获得自信。不过，西门庆第一次见林太太，竟恭恭敬敬给她下了跪——哪里像来偷情，倒像臣民觐见皇上。

西门庆对一个官员遗孀尚且如此，对官场上级就更不敢怠慢了，常常要花钱赔笑，小心伺候。蔡太师过生日，西门庆得提前几个月准备礼物，礼物不仅要贵重，还得别出心裁。不仅仅是大人们，大人家里的仆人也得用心打点。蔡太师的翟管家老婆死了，没有子嗣，想找个年轻女子传宗接代，这也得西门庆张罗。

除此之外，平时和地方官员的交往、应酬，都有门道和套路，都得动脑筋、花银子。西门庆不缺银子，但不敢怠慢任何官员。西门庆天天处于这样的应酬中，天天都在考虑怎么迎合上级，每天都很焦虑。一些焦虑能用银子化解，但有些焦虑，连银子也派不上用场。

蔡太师的儿子、礼部尚书蔡攸前来清河县视察，向西门庆要了府邸的一个独院居住。蔡尚书这次来是通敌卖国的，他把宋朝的兵马粮草分布图交给了金国太子——如果宋朝战败了，便能以此功换取日后的飞黄腾达。不料，兵马粮草分布图、蔡京给金国的通敌书信和一些银子，一起被盗。

蔡尚书很着急，被偷的东西要是被别人告发了，那得株连九族。小偷抓也不行，不抓也不行。蔡尚书下令知县李达天限期破案，李知县把破案任务交给夏提刑。夏提刑看蔡尚书的神态，知道事有蹊跷不好办，况且东西是在西门庆府邸里被偷的，西门庆还是负责治安的副提刑官，于是把皮球踢给了西门庆。西门庆心里暗暗叫苦。他早就偷听到蔡尚书和金国太子之间的交易，此事是通敌大罪，不能让更多人知道真相，只能偷偷地办案，还要假装自己不知道内情，否则很可能被蔡氏父子灭口。高层通敌卖国，让基层左右为难。西门庆陷入深深的焦虑之中。

官场焦虑加上几乎每天纵欲，两害叠加，不断摧残西门庆的身体，最终他在三十三岁的黄金年龄死去。门庭败落，人去财散。

西门庆的官场焦虑，实质是财富焦虑。虽然明朝中晚期的商业比较发达，但由权力说了算的格局，依然没有得到改变。更何况西门庆的财富大多靠巧取豪夺、官商勾结而来——这令他没有安全感。他必须紧紧依傍权力，苦心经营官场。

不过，不管西门庆是早年在衙门帮闲，还是后来巴结蔡太师当上干儿子，谋得提刑官之职，他都不过是权力机器上的一颗螺丝钉、官僚体系中的一枚棋子，始终无法主宰自己的命运，即便有巨额财富加持，也是如此虚弱不堪。

刘秀信不信谶纬？

清代史家赵翼在《廿二史劄记》一书中有一条目，题为"光武信谶书"，专讲光武帝刘秀迷信的一生。在人们印象中，刘秀是一位雄才大略、文武兼备的开国之君，怎么会是迷信之辈？其实，刘秀对谶纬的态度深藏玄机，这表现了古代政治家的复杂性。

新莽朝后期天下大乱，社会上流行一个谶语：刘秀当为天子。王莽的国师刘歆上了心，为了应这个谶语，干脆改名为刘秀。有一天，真刘秀和朋友们谈起那个谶语，有人说：这是指国师刘歆吧？真刘秀一笑：安知不是我呢？后来刘秀真当了皇帝，对谶纬极其重视，对轻忽谶纬的大臣，重则严加惩处，轻则不再重用。

尹敏是一位经学大家，他投靠光武是希望发挥自己的特长，谁知光武却让他整理谶纬书籍。王莽深信谶纬，将原来的谶纬图书攒入了许多有利于自己的内容。尹敏的工作就是去掉这些书籍中王莽的痕迹。尹敏不以为然：谶纬书籍本来就不是圣人之作，而是后人杜撰的，就算恢复了王莽之前的模样，照样是伪书，整

刘秀像

理这样的书籍会误人子弟。光武却认为：谶纬与经书一样，同样是圣人留下的教导。

光武在尹敏校订过的纬书中发现有一句：君无口，为汉辅。所谓君无口，恰好是一个"尹"字，如果这句话当真，就意味着应该请尹敏入阁辅政。面对光武帝的质询，尹敏这样回答：我见前人伪造图书，也不自量力伪造一把，万一成了呢？光武知道尹敏这是在讽刺自己过于相信谶纬，心中不悦，便冷落了尹敏。

这是否就可以断定光武真的笃信谶纬呢？现代史家吕思勉在《秦汉史》一书中提出质疑，"谶文妖妄，岂有以中兴之主而真信之之理"，同时视光武君臣为谶纬的"造作者"。言下之意，光武出于政治目的而制作了谶纬。

西汉末年，谶纬兴起，并在王莽代汉过程中发挥了巨大效用，社会上形成了一种普遍心理，即合于谶纬即为"受命"之天子。光武在统一天下过程中效仿王莽，利用谶纬宣扬"天命"，获取政治权威——这不过是借梯上屋，顺势而为。光武对谶纬保持着清醒的认识：随政治局势的变化而适时、有条件地加以利用，并非一味笃信谶纬，也不盲从谶纬所言。

四川军阀公孙述趁着天下大乱，自立为帝。他以谶纬为自己打造舆论攻势，说孔子作《春秋》为汉朝制法，裁断汉朝一共为十二代帝王，现在正好气数已尽。公孙述又引述一部神秘文献《录运法》，说"废昌帝，立公孙"，而他自己就复姓公孙，所以正应该代汉而立。

公孙述是刘秀统一天下的障碍之一，绝不能让他在舆论上占得优势。刘秀专门写信给公孙述：你把文献理解错了，"废昌帝，立公孙"，明明说的是在汉昭帝死后，霍光先立了昌邑王，后来见昌邑王荒淫无道，就废了他，从民间招来卫太子的孙子立为皇帝，是为中兴汉室的汉宣帝，跟你公孙述一点关系都沾不上。至于刘姓江山的受命期限，谶纬上明明说代汉而立的是当涂高，可不是你公孙述！你别学王莽搞那些神神怪怪的东西，要知道，迷信是会害死人的！

看来刘秀是个明白人，知道谶纬是骗人的把戏。他之所以酷爱这一套，也不过是把它当作政治工具。平定天下之后，刘秀对当时社会流传的谶纬进行整理，删除了不利于己的谶纬。通过统一谶纬，官方制定出一套服务于刘氏皇权的神学理论。

在刘秀们眼里，一件事的真假并不重要，重要的是大家是否把它"当真"。至于选择"信"还是"不信"，关键看哪种对自己更有利。

李斯的"老鼠哲学"

秦相李斯提出了著名的"老鼠哲学"，其有两个特点：一是鼠目寸光，只注重现实利益，不知仁义道德为何物；二是有恃无恐，没有敬畏之心。这种"哲学"，既指引李斯走向了权力的巅峰，也导致了他人生的覆灭。

李斯本是楚国上蔡（今河南上蔡县）的一名小吏。他见到官舍厕所里的老鼠，又脏又臭，在粪便堆中东嗅西寻，找到一点食物，便如获至宝，刚要咬啮，有人或狗走近，立时惊恐逃窜。而那官府粮仓中的老鼠，既无饥馑之忧又无风雨之愁，养得又肥又大，看见人来不但不逃，反而瞪眼看人，神闲气定。这情景好似晚唐诗人曹邺在《官仓鼠》一诗中所描述："官仓老鼠大如斗，见人开仓亦不走。"

看到厕鼠和仓鼠的不同处境，李斯不禁发出感慨："人之贤不肖譬如鼠矣，在所自处耳！"言下之意，人也如老鼠，本无贤良卑劣之分，爬到社会顶层，就安享荣华；居于人下，就要历经磨难。

李斯不满足于现状，他要学仓鼠般爬上高位。他前往齐国，拜荀子为师。学成之后，李斯却没有为故国效力。此时的楚国已是江河日下，李斯认为留在故国，如鼠在厕，看不到希望；其他东边各国，也无不是在苟延残喘，这些都不是他建功立业的理想之地。他把西边强悍的秦国当作可以栖身的"官仓"。

向荀子辞行时，李斯坦率表露心志：人生的耻辱莫过于卑贱，一世的悲哀莫过于穷困。有些人自甘于卑贱贫困，毫无作为，反而讥讽别人贪荣求利；这不是他们不想要，而是没有本事去谋求富贵。我要到秦国大展宏图。

李斯把秦国强盛的原因，归结为秦能为达目的而不择手段。李斯这种强烈而偏狭的功利观伴随其一生，成为催他奋进的动力。但又是这名缰利锁，在关键时刻模糊了他的双眼，使他不能冷静地思考和理智地抉择。

李斯到秦国后，先依附吕不韦，后又取得秦王嬴政的信任，助其一统天下，自己也因此爬上丞相的高位。李斯为了防止韩非抢他的风头，夺他的荣华富贵，设计害死这个昔日同窗。秦始皇驾崩后，赵高劝说李斯一起发动沙丘之变，拥立胡亥继位。赵高早已看穿李斯是什么人，于是有针对性地为他分析利弊：公子扶苏仁厚，与大将蒙恬私交甚好，一旦继位，就会用蒙恬为相，奉行严苛律法治天下的李斯，必然靠边站；如果拥立胡亥继位，李斯就是大功臣，其相位便可以保住。李斯饱读史书，当然明白擅易嗣君的严重后果；但信奉"老鼠哲学"的李斯，现在已是住进"金库"的老鼠，自然不愿意再住回"粮仓"了。为了眼前的一己私利，他参与了这场阴谋：假借秦始皇的名义，赐死了公子扶苏和蒙恬，立胡亥为帝。

赵高拉拢李斯，本来就是权宜之计。胡亥坐稳皇位之后，李斯就失去了价值。赵高早就觊觎丞相之位，他设计陷害李斯，将其满门抄斩——李斯最终被判腰斩之刑。

明末清初学者丁耀亢认为，李斯不过是一只老鼠，"始而谋饱，终而啮人，秦之社遂以空"。"老鼠哲学"不但害了李斯自己，也在一定程度上导致了秦朝的短命。

李斯辅佐秦始皇多年，秦王朝也留下了他这个法家的思想烙印，"老鼠哲学"已深深地影响了朝廷的政策走向；再加胡亥上台后倒行逆施，不施仁义，有恃无恐，岂又能持久乎？

严嵩的蜕变

明朝嘉靖帝时期，严嵩掌控内阁20多年。他一味媚上，窃权罔利，贪赃枉法，杀害无辜，不重国事，只重私欲。《明史》将他列为明代六大奸臣之一，天下后世视之为"小人之首"。其实，严嵩并非一开始就十恶不赦。

严嵩出生于江西，19岁中举人，24岁殿试获二甲第二名，担任翰林院编修。祖父和母亲相继过世，他辞官归乡丁忧守制。在钤山之麓隐居期间，他博览群书，写下大量诗文，文学和书法颇有造诣。10年后重回翰林院。

在隐居乡间和回京旅程中，严嵩接触到社会底层，看到劳苦民众的悲惨生活，他在诗作《野泊》中写道："野外萧条灯火稀，空江孤艇暂相依。年荒触目俱堪骇，隔岸燎原驱虎归。"充分体现了他对时局不稳的担忧，对人民生活的同情。此时的严嵩，还有一股正气和儒家知识分子的情怀。重回朝廷不久，他直接上疏明武宗朱厚照，痛斥他懈怠政务，宠信宦官，置江山社稷和黎民百姓不顾。皇帝借故把他调离北京。

朱厚照没有儿子，他的堂弟朱厚熜继承了皇位，是为嘉靖帝。嘉靖的亲爹在世时没有做过皇帝，但嘉靖要将其作为皇帝来尊崇。此前虽已追尊为皇帝，但尚未称宗入庙。嘉靖早就想解决这个问题，但因阻力太大，未能如愿。

嘉靖并未死心，谄媚求荣者也在窥测时机。礼部主事丰坊上疏，提出复古礼，建明堂，尊嘉靖之父为宗，嘉靖命令礼部立即施行，引起士大夫的普遍反对。

此时作为礼部尚书的严嵩，左右为难。顺从皇帝，会招致众怒；抗旨不遵，会失宠罢官。他先呈上一份模棱两可的奏疏，关于嘉靖之父配祭和称宗入庙，没有明确表示可否。嘉靖不悦，令礼部再集廷臣商议，必按其志施行。户部侍郎唐胄抗旨力争，被逮入狱，削官为民。见此阵势，严嵩吓得连忙改口，上疏明确表示皇上"圣明卓见"，其父应该配祭。对于严嵩能够改弦更张，皇帝很高兴。礼部尚书态度的转变，具有举足轻重的作用，配祭之事便决定下来。

接下来的称宗入庙之议，嘉靖亲自撰写《明堂或问》一文，阐述自己的主张，要求群臣鹦鹉学舌，予以迎合附会。如果说，在议配祭时，严嵩还有些观望的话，那么此时则是绝对逢迎。他呈上多篇奏疏，制造舆论，表达忠心。在这些奏章中，他首先痛骂自己愚笨，发表了与皇上意志不合的意见。接着便对皇上称宗入庙的圣谕大加吹捧。严嵩的阿谀令人不耻，却获得成功，称宗入庙遂成定局。为了酬奖严嵩，皇上赐其大量钱财，加封太子太保，升为一品官阶。

这在严嵩的仕途中具有决定意义，是他政治生涯的新起点，从此赢得皇帝的宠信。本来，嘉靖之父称宗入庙有违封建礼仪，也不符合严嵩所受的儒家教育。刚开始他也敷衍抵制，在嘉靖威逼下，他变得彻底顺从，这是他人生蜕变的关键一步。从此走上了擅权乱政、贪残误国的不归路。

对于严嵩的转变，史学家看得很清楚，以至于清代谷应泰说："非特嵩误帝，实帝误嵩。"言下之意，不是严嵩让嘉靖成为坏皇帝，而是嘉靖让严嵩成为了坏臣子。此言有些绝对，但道出了部分历史真相。

严嵩侍奉独断专横之主，而自身"功夫"又不过硬，最后落得个身败名裂，活活饿死。而同时代的海瑞，铁骨铮铮，宁受廷杖下狱，也要犯颜直谏，成为一代清官，留名青史。对比严嵩和海瑞的命运，令人深思。

蜂巢蚁穴的乌托邦

中国历史上的大一统专制制度，秦始皇是肇始者和奠基人，朱元璋则是集大成者。建立明王朝后，朱元璋穷尽一切手段，将专制制度推向巅峰，皇权的触须几乎无所不至，接近极权。朱元璋为何将专制制度发展到令人恐怖的程度？这可从他《蜂蚁论》一文中找到思想上的蛛丝马迹，《明太祖御制文集》收有此文，大意是：

蜜蜂和蚂蚁是世上微小的生命，它们居住在巢穴内，有严格的纪律，不可违犯。在蜂巢内，有居民，有卫士，也有宫殿和尊重蜂王的严肃纲纪。蚁穴建于地下，其结构和规矩与蜂巢类似。蚂蚁虽然微小，却懂得天冷时将穴封上，天气回暖时再打开。它们巡防守护边界，寻采食物，或列阵于长堤之下，或出没于草木之上，都有统一的纪律，好像士兵听从将军的命令。蜜蜂虽小，却有毒刺，勇敢，战斗力强大；蚂蚁虽小，却能成群结队而行，纪律严明。

此文的落脚点是："蜂蚁如是，人频犯法，何为灵乎！"朱元璋这是在反问：蜜蜂和蚂蚁都遵章守纪，各司其职，而人类却频频犯法，到底哪个更具有灵性呢？言下之意，人类连蜂蚁都不如。事实上，朱元璋是把臣民当作蜜蜂和蚂蚁来治理，妄图在大明国土上建成一个蜂巢蚁穴式的乌托邦社会。

正如历史学家黄仁宇所言，"朱元璋的明朝带着不少乌托邦的色彩，它看来好像一座大村庄而不像一个国家。中央集权能够到达如此程度乃因全部组织与结构都已简化，一个地跨数百万英亩土地的国家已被整肃成为一个严密而又均匀的体制"。

朱元璋知道，专制帝国的最佳统治模式，是建立在一盘散沙式的小农社会之上。因此，他动用行政力量，组织了人类史上最大的政府移民行动，将人口分散到全国各地。他要制造一个平均化的社会，使基层社会的成员不会相互"融合"。原子化的个人，对皇权的控制没有抵抗力。

出身社会最底层的朱元璋推翻了元朝，却继承了其严格的职业世袭制。他把全国人口分为农民、军人、工匠三大类。职业先天决定，代代世袭，任何人没有选择的自由。朱元璋又建立了严厉而周密的户籍制度（也称黄册制度），维系着职业世袭制，也防止百姓自由迁徙。他还把历代沿袭下来的"里甲"制度，强化成了镶嵌式的社会控制体系：把每十户编为一甲，每一百一十户编为一里。一里之内的居民，都有互相监督的义务，实行连坐，一家犯法，全体受罪。

为了让各个阶层各色人群各安其分，朱元璋制定了等级严格的礼仪。从官府层次上看，有朝廷之礼，王国之礼，府、州、县之礼；从人的身份上看，有天子之礼、后妃之礼、宗室勋戚之礼、百官之礼、庶民之礼。这些有关礼的制度，基本上是以官服佩饰定品级，居室车马明身份，玺文印信表尊严，使君臣吏民的差别法则化、规范化。以冠服为例，规定了皇帝、后妃、诸王、百官、士人、吏员、皂隶、平民、乐户等衣冠服饰的标准，包括样式、颜色、质料、花样、场合等多层次的规范，极为细致。

朱元璋建立了全方位的监控体系，强迫臣民遵循礼制等各项专制制度，有专门监察官员的"巡按御史"，也有百姓互相监督的"里甲"制度；但朱元璋觉得还不够，又设了"检校"——可对官员和百姓的"不法行为"检举揭发；尤其是特务机构锦衣卫，延伸到大明帝国的每个角落，无论是官员还是百姓，都为之胆寒。

朱元璋虽殚精竭虑、苦心经营，但大明帝国最终仍在民众的反抗中土崩瓦解。人毕竟是有思想有尊严的，妄图建立蜂巢蚁穴式王国的一切努力都是徒劳。

宦官政治的病理学

宦官，又称太监，终日服侍君主和嫔妃、皇子，离权力核心最近，这为他们干政专权提供了极大的便利，以致在中国历史上形成了独特的"宦官政治"。操纵君主，隔绝君臣，结党自固，是宦官在干政擅权过程中惯用的三种手段。

宦官权力的获得，并非由于功劳、门阀等因素，而是完全依赖君主的宠信。因此，宦官往往使尽手段，力图将君主紧紧操纵在自己手中。

例如，宦官利用与君主朝夕相处的便利，想方设法博取君主的亲近感，极力增加君主对自己的信任感和依赖程度。西汉宦官石显因善于揣摩主子的心思而被汉元帝信任，委之以政，事无大小，皆由石显决断。再如，宦官总是极力插手君主的废立，尽可能地拥立符合自己心愿的君主。他们或有意择立幼主，以便于自己操纵；或设法清除羽翼已成的在位君主，以扫除干政专权的障碍；或积极拥戴、投靠新主，希图通过策立之功，确立自己的宠信地位。

唐代后期，君主多为宦官所拥立，自唐穆宗至唐昭宗共八帝，而为宦官所立者有七君。宦官杨复恭因迎立新君有功，以"定策国老"自诩，视天子为"门生"。

宦官操纵君主的方式包括：怂恿君主耽于享乐，不理朝政；欺骗蒙蔽君主，使其成为傀儡玩偶；挟持架空君主，迫使君主就范。诸如此类，不一而足。

隔绝君臣之间的联系，是宦官干政专权的重要手段之一。宦官一方面极力促使君主成为幽居深宫、脱离朝政的孤家寡人，一方面又通过压制朝臣言论、阻截朝臣奏章等方式极力堵塞朝臣政见上达"天听"。如此一来，宦官遂成为沟通君臣之间联系的唯一通道，宦官就能够瞒上压下、左右其手、狐假虎威，趁机揽权。

在中国历史上，宦官作为一个政治性的集团，是在东汉时期正式形成的。宦官政治集团的出现，是宦官势力急剧膨胀的一种表现。为了谋取和维护共同的利益，宦官之间相互攀援，群辈相党，力图通过结党来增强同君主、外戚、士人官僚相抗衡的实力，并累积干政擅权的资本。如东汉灵帝时期的"十常侍"集团、明朝魏忠贤"阉党"等。在实际政治斗争的过程中，为了扩充实力，宦官除了自身结党之外，有时还会或投靠后妃外戚，或笼络太子储君，或勾结官僚权臣。

在人们印象中，东汉、唐、明三代的宦官之祸最为严重；殊不知，在中国历史上还有一个更为典型的"宦官王国"——五代十国时期的南汉。

南汉是割据南方的一个小型政权，人口只有一百万左右，但宦官就有近两万人。就宦官在社会总人口所占的比例而言，南汉开启了前朝后代所绝无仅有的特例，堪称中国历史之最。

南汉宦官数量如此惊人，是拜"奇葩国策"所赐。国主刘继兴非常信任宦官龚澄枢，国家大政由其把持。朝廷规定：凡群臣有才能的，或者读书的士子中了进士、状元，皆要先阉割了，然后才能进用。有些趋炎附势的人，居然把自己阉了，以求重用。于是南汉几乎成为"阉人之国"。

刘继兴重用宦官的理由是：百官们有家有室，要为妻儿老小打算，肯定不能对皇上尽忠；而宦官没有后代，可以信任重用。南汉亡国之后，面对宋太祖赵匡胤的责问，刘继兴辩解说："臣年十六僭伪位，（龚）澄枢等皆先臣旧人，每事臣不得专，在国时臣是臣下，澄枢是国主。"这话反映了南汉末年君为臣下、宦官反为国主的政治现实。

刘继兴重用宦官的理由虽很荒谬，却间接道出了宦官之祸的深层病因——君王对国家权力有独占性和垄断性的专制制度。后宫制度是专制制度的延伸和重要组成部分。宦官因为"武功"被废，不会影响君王独享后宫和皇室血统纯正，而被君王用于后宫。刘继兴却将宦官的"优势"发扬于前廷——不阉割者不得当官。他当时可能没料到，使南汉走上灭亡之路的，正是没有"后顾之忧"的宦官。

装神弄鬼的戏台

古代统治者对国民进行意识形态灌输和思想教化的途径主要有两条：一是让国民读他们认定、修改的儒家经典，二是上演御用文人编排、统治者认可的戏曲。前者主要针对读书人，后者的受众主要是普通百姓。

古代印刷术不发达，民间书籍极少，戏曲在社会底层的普及面和影响力往往超过书籍。因此，不少统治者看中了戏曲对民众的教化功能，清朝乾隆皇帝就是其中之一，他在通过"文字狱"净化"上层文化"的同时，又利用各种手段来净化"底层文化"的主要载体——戏曲，结果使得戏台上装神弄鬼蔚然成风。

所有不符合主流意识形态的传统剧目，乾隆都严令或予以禁演或改编。此外，他还积极扶持重点创作，大力鼓励新剧本的出现。

乾隆亲自组织了戏曲创作班子，由庄亲王挂名，由刑部尚书张照担纲，诸多朝臣投入创作。这个班子主撰了一系列"大戏"，比如周祥钰主撰的《鼎峙春秋》《忠义璇图》、张照主撰的《升平宝筏》等。剧本的内容多以历史故事和魔幻传说为主。

历史故事极力宣扬天命意识和忠孝节义，神化清廷统治的合法性。如《鼎峙春秋》讲三国故事，归结到三国统一，天下太平，隐喻清廷统治

清代戏楼畅音阁

是天命所归；《忠义璇图》虽是民间禁演的水浒戏，不过改编后强调的是接受招安，为国尽忠。

而讲述西游记故事的《升平宝筏》以及其他魔幻传说的剧目，大多强调因果报应：凡是忠臣义士遇害捐躯者，都成了神仙；而乱臣贼子犯上者，其结果必然是被诛杀。其落脚点还是宣扬要忠于大清朝廷，否则得不到好报应。

《劝善金科》是清宫于岁末或其他节令经常上演之戏，源出民间广为流传的《目连救母》，讲的是佛陀弟子目连救母的事迹，而假借为唐朝事。此改编本与民间演出本的旨趣截然不同，意在谈忠说孝。戏中有大量的神佛鬼魅情节，用神道设教的方式惩戒人心。

而在皇帝生日上演的寿戏，干脆直接说皇帝就是神。如《群仙祝寿》是这样演的：八位仙人在"日月同光扇"的引导下，带四名侍童捧仙桃、琼浆、灵芝、如意来为皇帝恭祝万寿。所有仙

童载歌载舞，从在整座舞台上搭建的"仙山琼阁"的廊内外各个通道列队而出，面向皇帝。众仙长奉道教祖师太上老君升上"平安如意阁"，代道教徒众向皇帝致"谒词"，全体演员下跪："恭祝皇帝万寿圣恭安！"全场表演达到高潮。皇帝简直就成了"玉皇大帝"。

梁启超在《新民说》中谈到乾隆年间内廷演剧时表示，传统戏目大多讲历史动乱之事，臣子和演员担心触犯忌讳而不敢进献，"乃专演神怪幽灵、牛鬼蛇神之事，既借消遣，亦无怨尤"。梁启超在这里只看到，牛鬼蛇神之戏有趣，又无事实，是一种比较安全的演法；殊不知，即使是鬼神无稽之戏，也加入了统治阶级的思想。

由于统治者的强力干预和渗透，弄得戏台"神不像神，鬼不像鬼"。《封天神榜》一剧中，在商周继统问题上，一方面盛赞周文王、武王有圣人之德，得忠臣良将辅助；另一方面，又对商纣之暴虐荒淫加以批判，从而为新朝之建树设置合法性。如果说这些思想尚与传统观念一致的话，那么剧中对于臣子，特别是商朝诸臣的要求则发生了明显的变化，剧中宣称即使是君主暴虐、国运已终，身为臣子的仍需以尽忠死节为正道。

这种自相矛盾的说法，在其他剧目中也俯拾皆是。故事的发展，往往被裹挟在说教中与玄幻斗法中，蹒跚跟跄，举步维艰。这样的演剧，既无趣味，也无艺术，只有苍白无力的说教。

真相的双向屏蔽

"瞒下"和"欺上"是古代专制政体的显性特征：最高统治者对下层封锁信息，屏蔽真相，臣民没有知情权；官僚对上隐瞒实情，皇帝难以看到底层真相。

君王标榜其统治的合法性来自上天，即所谓君权神授。他们掌握绝对权力，其统治多采用单向的命令、强制、压迫的方式，臣民只能绝对服从。君王通过神秘和专制的治国方式树立权威。再者，宫廷政治往往龌龊不堪，无法"亮晒"于天下，欺瞒成了皇帝的惯用手段。

皇帝的死因往往牵涉复杂的宫廷内幕，继任者对此极其敏感，讳莫如深。史书记载，清雍正帝头天还在处理政务，第二日晚上就突然病重去世；而雍正生什么病，为什么突然去世，史书中都没有提及。后来史家研究认为，雍正勤于政务过度，晚年又好女色，导致精气神衰弱。他寄希望于丹药健身，长期服用，身体中毒，最终毒性突然发作而死。乾隆登基当天就下圣旨，把炼丹道士立刻驱逐出宫，并且明确警告他们，不能泄露宫中任何事情，否则就要杀头。先帝死得不光彩，事关皇家颜面，乾隆必须让知情者闭嘴。真相被封锁，结果谣言四起，民间演绎出不少故事，流传最广的莫过于雍正被女侠吕四娘杀死。

"瞒下"的主导者一般是皇帝，不过皇帝的近臣也可能利用此为自己谋取利益，"秘不发丧"便是一例。秦始皇死于出巡途中，消息被严密封锁。赵高通过暗箱操作，让信任自己的胡亥继位，而秦始皇属意的接班人扶苏，因远在边关，对这一消息一无所知，最终被伪造的圣旨逼死。

官僚隐瞒实情，上报虚假信息坑皇上的例子，也比比皆是。基层信息向上传递的过程中，有太多的机会和力量使其扭曲和失真。

战国时期，齐威王即位后没有亲自理政，而是将之交给公卿大臣处理。因大臣治理不善，各个诸侯国都来攻齐。齐威王召见阿城大夫，对他说：自从你镇守阿城，每天都传来称赞你的好话。我派人去阿城察看，却见田地荒芜，百姓贫困饥饿。你用重金买通我的左右替你说好话！齐威王长期被勾结在一起的地方官吏和左右近臣联手欺瞒，得到的都是颠倒黑白的信息。

官僚们不仅对日常政务信息动手脚，对战报这种军事信息也敢行欺瞒之事。蒙古大军进攻南宋，鄂州告急，权臣贾似道奉命赴援。他擅自遣使向忽必烈请和，许以割江为界，岁奉银、绢各二十万。蒙古军撤退之后，贾似道隐瞒求和真相，以大捷禀告皇上，并从此专权朝政近十七年。

即便是全军覆没的大败仗，竟也有可能被传成"捷报"。唐朝属国南诏和唐发生冲突，唐以鲜于仲通为将出兵八万征讨，却被南诏打得全军覆没，只鲜于仲通自己逃生。鲜于仲通的背后靠山杨国忠，将全军覆没的败仗申报为胜仗，还据此推荐鲜于仲通升官为京兆尹；同时，又命令大规模征兵。这一次，十万唐军葬身异域，统兵主将身死；但杨国忠再次讳败为胜。南诏之役，唐军事实力受到极大打击，而唐玄宗却被蒙在鼓里。

杨国忠能够成功欺上，缘于他的个人权位；但这种对信息的隐瞒和扭曲，在很多时候是需要整个部门的官吏配合的。

乾隆皇帝曾狠心处理这么一个窝案，杀掉官员三十人。此案中，地方官员——上至总督巡抚，下至普通官吏——联手向上谎报受灾，骗取中央调发的赈灾款项和政策倾斜，款项折换成白银后收入官员个人的腰包。地方谎报灾荒事件长达八年，这期间作案方式的发明人，原甘肃布政使王亶望已经转任浙江。王廷赞继任后，马上融入这个犯罪集团，同样一年又一年向朝廷谎报灾荒。

在古代政治体制下，基本没有独立于官方系统之外的信息流通渠道，官僚们基本上垄断了各类信息。官员们最关心的是自身的仕途命运，而这又是由上司考察并向朝廷申报的；所以，挑上面爱听的信息报送，成了最有效的政治手段。在这种官场生态下，隐瞒真相成为常态，如何恰切地欺骗朝廷成为官僚的必修"功夫"。

上下互不信任、互相欺骗，真相双向屏蔽，这也是一种"互动"吧。

衰败始于逆淘汰

中国古代史是治乱循环的历史，也是"顺淘汰"与"逆淘汰"交替的历史。"顺淘汰"即优胜劣汰，与之相反，"逆淘汰"就是劣胜优汰。"顺淘汰"创造治世和盛世，"逆淘汰"必然导致衰败与乱世。

若政治清明、正气充盈，朝中多是有德有才之辈；若遇朝政昏暗，得意者多是溜须拍马的贪婪之徒，不肯同流合污者则被边缘化。洁身自好者，或隐于朝，消极地等待新时机；或干脆辞官，隐于野，远遁山林。而以自杀来抗争官场"逆淘汰"的，殊为罕见。

司马直是东汉灵帝时有名的清官，在被授予钜鹿太守职位时，按当朝惯例，他要向皇帝咨询"助治宫室钱"的金额。所谓"助治宫室钱"，其实就是皇帝以"资助修理宫殿"为名目，向候任官员索要的买官钱。皇帝一般会根据官员职位的大小，规定一个数目。到任后，官员的职责就是尽快凑齐钱数上缴皇帝。

当时，一个大郡太守的职位，官方通行的价格是两三千万钱（按购买力计算，当时一钱大约相当于现在的十元人民币）。这笔巨款不可能由官员个人出，只能通过压榨民间来获得。这是一种朝廷和地方官员的分赃机制，朝廷默认地方官吏从民间取财，同时地方官吏必须让朝廷分一杯羹，作为自己发财的代价。

但是，随着皇帝卖官价码的抬高，地方官员不得不抛弃廉政，把自己定位成一心赚钱的商人而不是父母官，对治下的百姓敲骨吸髓。

灵帝根据司马直以前的履历，认为他是个有清名的好官，给他打了个折，少交三百万。司马直听说之后，认定即便打了折，数目还是太高了。他叹了口气说：我本来应该去做父母官，还没有到任，先进行盘剥，又怎么忍心？他请求辞职，但遭皇帝拒绝。司马直于是给皇帝上书，极力申诉时弊，并预言如果继续买官卖官，必然引起巨大的灾祸；随后，他吞药自杀。

汉灵帝是东汉倒数第二任皇帝。即位不久，穷奢极欲的灵帝就开始疯狂卖官。三公九卿都有价格，三公是一千万，九卿是五百万。行情还不断看涨。到后来，为了强迫百官交钱，灵帝甚至要求不管是刺史还是太守，在任命或调动时，都必须向皇帝缴纳"助治宫室钱"，司马直就是在这时死谏皇帝的。灵帝卖官的方法灵活多样，无所不用其极，甚至还支持"信用付款"，可以先当官，再付款，不过到时候要付两倍的价格。

以前的皇帝即便卖官，也在卖官之外留有正常晋升的渠道，给有才之人留下空间；而灵帝的卖官已不分青红皂白，一个人不管才能如何，如果想当官，都必须付款。

崔烈是灵帝时期的名士，他当太守和廷尉时一直受人尊敬。

后来，他花了五百万从灵帝手中买了个司徒。在庆祝他升迁时，汉灵帝也在场，竟后悔卖便宜了，说应该卖一千万。崔烈买官之事传出后，声名也随之受损。但是，再清高的人士在灵帝时期也得"同流合污"，否则只能被淘汰出局。

普天之下，莫非王土。天下财富，莫不属王。像汉灵帝那样为了敛财而疯狂卖官的变态皇帝，毕竟只是极少数，更多的则是朝臣卖官。但像司马直那样有良知、体恤民间疾苦，而又以死抗争的清官，只是凤毛麟角。这个典型案例，将王朝体制下的"逆淘汰"这个病态机制展露得淋漓尽致。

王朝建立初期，统治者大都励精图治，政治清明，有德有才者居其位，奸佞小人靠边站。这是"顺淘汰"。随着王位继承人的一代不如一代，"逆淘汰"便日渐盛行。官场充斥着品劣才低的利禄之徒，一方面，他们热衷买官卖官，败坏吏治和官僚体系，使朝廷无力应对危机；另一方面，他们对百姓进行盘剥压榨，使朝廷丧失民心民意。

如此"双管齐下"，王朝的统治基础被动摇，一旦遭遇内忧外患，必将万劫不复。汉献帝从灵帝手中接过权杖不久，东汉王朝便分崩离析，陷入了三国乱世。

潜规则的"进化"

古代官场有两套规则，一为明规则，一为潜规则。明规则是有正式明文规定，合法化乃至制度化的规则。与之相反，潜规则是没有明文规定，但被一些人遵守的隐性规则。潜规则的蔓延和泛滥，势必侵害明规则的权威，危害社会秩序和公平正义。由是观之，明规则似乎与潜规则水火不相容。其实不然，潜规则也可能"进化"为明规则。

中国古代是官本位社会，因此人们对仕途趋之若鹜，买官卖官是普遍现象。但大多数时候这只是官场私下的交易，是上不了台面的潜规则。但皇帝卖官，为其成为明规则迈出了关键的一步。

首开皇帝卖官先河的是秦始皇。有一年逢蝗灾大疫，他下令，每交纳一千石粟（价值约为现在的十万元人民币）可"拜爵一级"。

秦始皇以粮换官似乎还差羞答答，汉武帝干脆直接收钱卖官。连年征战，穷奢极欲，导致国库空虚，为了弥补用度，汉武帝允许买官。价格为最低一级十七万铜钱（约相当于现在的一百五十万元人民币），每升一级多加两万铜钱。

汉灵帝是将买官卖官市场化的"第一帝"，他在皇宫西园开办了一个"官吏交易所"，明码标价，公开卖官。他亲自制定了卖官的规定：地方官比朝官价格高一倍，官吏的升迁也必须按价纳钱。除明码标价外，他还根据求官人的目标和拥有的财产随时浮动价格；还推行了竞标法，求官人可估价投标，出价最高的就可中标上任。

唐玄宗登基后，曾大力整顿卖官鬻爵的潜规则。表面上卖官现象减少了，但是私底下，背着皇上，官员卖官鬻爵现象越来越严重；当然，这些都只是个人的私下行为。唐朝中后期，战乱频繁，中央收入锐减，皇帝把买卖官职当成解决财政困难的途径。潜规则又堂而皇之地变成了明规则。唐肃宗规定，凡"纳钱百千"者可以得到明经出身，如果是不识字者，增加三十千钱就行——把科举功名卖给了目不识丁的文盲。

到了清朝，卖官鬻爵有了正式的名称"捐纳"，清朝中后期"捐官"进一步合法化、制度化，买官卖官可以名正言顺了。朝廷明文规定，除八旗户下人、汉人家奴、优伶等不得"捐官"外，其他人只要有钱，不管是偷、抢还是合伙凑的银子，也不管是市井无赖还是地痞流氓，只要钱够数，便可一手交钱一手交官职。

清朝有个"五人承包知县"的典型案例，可以从中看出买官卖官现象的猖獗。浙江山阴县人蒋渊如看到当官有利可图，便想买个知县，苦于资金短缺，就与唐某、陈某、王某、吕某等朋友商量，五人集资捐了个最先得缺的候选知县。他们议定：五人分工，蒋任县令，唐任刑名师爷，陈为钱粮师爷，王为钱漕家丁，吕为转递公事的家丁，以防肥水外流，所贪赃款按集资比例分配。数月之后，他们得了一个肥缺知县。上任以后，按所定分工，蒋以县令高坐大堂，待唐、陈以幕宾之礼，视王、吕则如奴仆，各无怨言，通力合作。五人团伙贪赃枉法，年收入达二十余万两白银。

从秦始皇首开皇帝卖官之恶例，到清朝卖官的合法化、制度化，从整体而言，中国古代史是卖官鬻爵从潜规则变成明规则历史。这又分为两个层面：一是从官员的私下行为上升到皇帝的意志，二是从朝廷的权宜之计变成国家的制度设计。

官员的选拔与任用，事关国家的兴亡。可以说，买官卖官潜规则合法化并变成明规则的这一过程，正是王朝政治和专制制度合法性逐渐流失并走向衰亡的过程。

以编书的名义毁书

　　清朝乾隆皇帝力主编修的《四库全书》，是中国古代规模最大的一部丛书，所收入的著作，有相当一部分现在已经成了孤本。如此看来，乾隆对保存我国的文化似乎功莫大焉。殊不知，乾隆编修《四库全书》的初衷并不是为了保存书籍，而是为了禁锢思想，为其稳固统治服务。出于这个目的，编书的过程，其实就是"毁书"的过程。

　　作为少数民族建立的王朝，清朝在统治的合法性上不自信，因此他们严禁任何宣传民族大义和民族气节的思想流传，以斩断汉族人民反清起义的思想来源。自顺治直至乾隆时期，统治者不断掀起文字狱，并禁毁了许多书，但所能禁毁的毕竟有限。文字狱虽能够威胁当时的士大夫，使他们不敢再发表离经叛道、讥议时政的言论，却不能将著作中的一切不符合统治集团要求的东西剔除干净。统治者不达到后一个目的是不会放心的，但如公开地对所有著作进行审查，选择一批加以禁毁或删改，又显得过于凶狠，这是聪明的清代统治者所不屑为之的。于是，乾隆想出了一个好主意：编纂《四库全书》。

乾隆以编书的名义，在全国征集图书，乘机将他认为内容不好的书烧毁，或将其中的一部分毁掉、修改。由此而造成的对文化的破坏，恐怕是远远大于其贡献的。

四库全书书影

禁毁的标准主要有四方面：第一，凡是对清朝统治者有所不满，包括客观地记述其暴行的，或对满族有所鄙夷、敌视的，都必须销毁；第二，能引起人们对于明朝的好感或怀念的，都不能保留；第三，凡是跟程、朱理学相抵触和不符合传统道德观念的，也应毁掉；第四，作者有问题的，或者此书中多处引用有问题的人的著作的，也在销毁之列。

禁毁不仅在《四库全书》的编纂过程中一直进行，而且在编纂结束后的抄写过程中继续进行。因为《四库全书》共抄了七套，最后的三套于乾隆四十七年（1782）开始抄写，五十二年（1787）完成。在把这三套抄本进呈乾隆时，他又进行了抽查，发现清初人李清的一本书问题严重，于是下旨严查。结果是，将原已收入《四库全书》的李清的所有著作，全部撤出，列为禁书，并发文给江苏巡抚，要求进一步调查李清有无其他著作，如有则一并销毁；把已经抄好的四套《四库全书》又重新审查一遍，结果又有其他作者的几部著作从《四库全书》中撤出并加以销毁。

　　据不完全统计，从乾隆三十七年（1772）下诏征书，到乾隆五十三年（1788）《四库全书》复查完毕，被全毁的书，即整部书不再流通并被烧掉，就有两千四百五十三种，被抽毁（个别地方有不太严重的问题，只把有问题的地方去掉）的书有四百零二种；而收入《四库全书》的书为三千四百七十种。如此算来，被销毁的书籍，其数量竟大约相当于《四库全书》的四分之三，被抽毁的也相当于《四库全书》的八分之一弱，这是一个惊人的数字。

　　自秦始皇焚书以后，中国的文化从未遭受过如此浩劫——大量优秀的学术著作、充沛民族气节精神的史学文学作品均遭禁毁。而且收入《四库全书》的书，有不少已遭严重删改，以致鲁迅先生说，天下士子读后，"永不会觉得我们中国的作者里面，也曾经有过很有些骨气的人"。

　　编纂《四库全书》，一开始就不是单纯的对历代文化典籍的整理和总结，而是一场全国范围的思想文化普查。使用暴力或强制性的行政手段来查禁书籍，是古代统治者的惯用手段。就文化政策而言，清朝统治者比只会"焚书坑儒"的秦始皇之流要厉害得多，高明得多。

　　禁书与编书两种手段糅合起来，是一种寓禁于修的特有的文化现象，说明清廷统治者手段的圆熟和精巧。这使不少人只记住了《四库全书》对保存古籍的贡献，却健忘了乾隆曾经大肆阉割中国文化的罪行。

酷吏是另一种太监

在人们印象中，酷吏和太监是两个完全不同的群体。酷吏充当朝廷鹰犬，打击政敌，残害忠良，心狠手辣，极尽构陷之能事，一副强者形象；太监被阉割去势，大多委曲求全，看后宫妃嫔眼色行事，典型弱者模样。但近来翻阅史书，发现酷吏和太监竟有诸多相似之处。

太监入宫，大多为生活所迫。酷吏也大都出身寒微。司马迁著《史记·酷吏列传》集中记述了汉武帝时期十名酷吏的故事，他们分别为宁成、周阳由、赵禹、张汤、义纵、王温舒、尹齐、杨仆、减宣和杜周。除了周阳由为世家子弟外，其他九名均起自卑微，义纵与王温舒还曾经当过盗贼。

武则天执政时期是"酷吏政治"的又一个高峰。臭名昭著的酷吏周兴和来俊臣，就是这个时期的。周兴从小学习法律，长大后混上了个司法小吏。唐朝官和吏界限森严，吏的地位很低，就是衙门里跑腿打杂的。来俊臣原是不事生产的游民，后来成为流氓，终于有一天因犯奸盗罪被捕入狱。周兴和来俊臣都因告密而得到武则天的信任，成为武则天在政争中的鹰犬。

酷吏和太监都出身低微，这不是巧合——他们无私门可凭倚，因而易于为帝王驱使。不管是飞扬跋扈于外廷的酷吏，还是委曲求全于内宫的太监，都只是帝王的工具。

宫内的繁重体力活，到宫外采购、传旨等活，都不便让女人来做；但让其他男人待在后宫，帝王又不放心。后宫佳丽三千，寡人只有一个，谁能保证宫内不陈仓暗度？帝王们担心的，不仅仅是一顶绿帽子；更重要的是，要确保皇室血脉纯正，龙子龙孙世袭王权，江山永不易姓。既便于驱使，又让帝王放心的，当然是那些被废掉"武功"的太监了。

在皇帝眼中，酷吏与太监的作用无异。太监也好，酷吏也罢，都只是其维护统治的工具。一旦没有了利用价值，或者威胁到皇权，必将除之而后快。

酷吏张汤可谓深得汉武帝信任。他为朝廷制定了很多严刑峻法，在处理淮南、衡山、江都三王谋反的案件时，他穷追狠治，株连无数。他助武帝推行盐铁专卖，打击富商，剪除豪强。张汤的这种做法使权贵们感到了威胁，为求自保，他们联合起来给张汤罗列了一系列的假罪名，并一致弹劾张汤。皇帝当然知道这些罪名是假的，但为了平息众怒，武帝抛弃了这个曾经为自己的统治清除障碍的战友，将张汤赐死。

武则天为了巩固权位，实行铁血政策，重用周兴、来俊臣等酷吏，打击潜在的政敌。她解决了反对派，坐稳了女皇的宝座不久，就首先拿酷吏周兴开刀了。周兴后被判流放岭南。但因周兴作恶多端，结怨太多，半途为仇家所杀。

替武则天收拾周兴的，是同为酷吏的来俊臣；周兴之死并没有使来俊臣有兔死狐悲之感，他觉得自己忠于皇帝，因而可以立于不败之地。来俊臣在自己的著作《罗织经》里首先就讲忠君，"虽至亲亦忍绝，纵为恶亦不让"。这就是说，可以置伦常于不顾，也可以置良心于不顾——只要有利于皇帝，没有他不可以干的。不问对错善恶，只看皇帝老儿高不高兴，这与阉人太监何异？太监是生理上被"去势"，酷吏则是心理上被阉割。即便如此，来俊臣的下场并不比周兴好。

　　来俊臣组织数百名无赖专事告密，大兴刑狱，制造各种残酷刑具，采取逼供等手段，任意捏造罪状置人死地，大臣、宗室被其枉杀灭族者达数千家。他甚至企图陷害武氏诸王、太平公主等武则天最亲信的人物。在他又企图诬告皇嗣李旦和庐陵王李显谋反时，被人告发，武氏诸王与太平公主等乘机揭露来俊臣种种罪恶，来俊臣终被武则天下令处死。

　　来俊臣生前曾将自己的经验总结下来，撰写了专著《罗织经》，大谈如何罗织罪名，制造冤狱，可谓集邪恶智慧之"大成"。一代人杰狄仁杰蒙冤后阅《罗织经》，冷汗迭出，却不敢喊冤；连武则天面对《罗织经》也叹道："如此机心，朕未必过也。"

　　一代女皇都自叹弗如，那么，究竟是谁造就了酷吏的"如此机心"？《新唐书·酷吏列传》中说："非吏敢酷，时诱之为酷。"酷吏这个历史怪胎，把人性的幽暗暴露得淋漓尽致，而这都是拜专制权力所赐。酷吏是专制权力下的另一种"太监"。司马迁在《史记》中将酷吏入史后，《汉书》《后汉书》直至《金史》多将此单列，可见中国古代酷吏之盛而不衰。

"好名"竟也成罪

　　萧何协助刘邦夺取天下后，继续清正廉洁为官，口碑极好。刘邦不放心，找借口抓了萧何。萧何出狱后汲取教训，不再顾及名声，以圈地、贪渎自污。老百姓告状，刘邦却一笑了之，不予追究。此事反映的是开国功臣的真实处境，但也可从中窥见士大夫的道德尴尬——洁身自好而不得。

　　从汉武帝开始，儒学一直是社会主流意识形态。然而，儒学充满矛盾，一方面维护专制"纲常"，另一方面也鼓励道德完善和人格独立；至清代，其矛盾愈加凸显，儒学的人格追求，成了专制极度扩张的妨碍。

　　雍正有一个重要观点，那就是大臣图利固然可恶，"好名"则更可诛。他说："为臣不惟不可好利，亦不可好名。名之与利，虽清浊不同，总是私心。"雍正不能容忍那种自许清廉而又保持独立人格的清官。他惩处的，不仅仅是年羹尧这样的贪官，更有"海瑞"式的清官。他认为，一个大臣如果过于注重自身修养，在乎自身的名誉，这是与皇上争民心，这威胁到了皇权。

　　杨名时是被天下学子膜拜的学界领袖，也是人人称道的清官。担任云贵总督期间，他千方百计地革除雍正"摊丁入亩"等政策的内在弊端，减轻了百姓负担。云南一度遭受水患，百姓流离失所。杨名时从盐商那里借银，救百姓于水火。雍正理政雷厉风行，杨名时则是春雨润物。雍正刚劲的政令，到了杨名时的辖区就会被分解、柔化，杨名时因此得到百姓的赞誉，被称为"包公在世"。

为百姓做好事，却忘了推功给皇上，这引起雍正的不满。雍正说杨名时"性喜沽名钓誉""欲以君父成己之名"，想寻机惩治他一下。杨名时在云南从政七年，仅参劾过一位进士出身的知县，这正好成为雍正的靶子。雍正表示：那些封疆大吏为了图宽大仁慈之名，沽取安静之誉，对贪官庇护之，对强绅宽假之，对地棍土豪则姑容之，对巨盗积贼则疏纵之，这样会使天下百姓暗中受其荼毒，无可控诉。雍正把杨名时看成是孔子口中的"乡愿"，即"德之贼也"。

为了惩治杨名时，并把以其为代表的名儒集团妖魔化，雍正将他投入大牢。"四大罪状"虽纯属子虚乌有，然而终雍正一朝，杨名时一直戴罪云南，成了一介布衣。

雍正的继承者乾隆，也有一个"本朝无名臣"的理论。他说，因为朝廷纲纪整肃，本朝没有名臣，也没有奸臣。他这样说，是为了把所有荣誉归于圣主，大臣们所做的有利于百姓的事情都是出于圣意。大理寺卿尹嘉铨不认同这个观点，著有《名臣言行录》，乾隆特下长诏斥责他的"名臣论"，并以欺世盗名、妄列名臣、颠倒是非等罪名将其处死。

此外，乾隆还大力禁毁德政碑。所谓德政碑，是官员离任时，民众为颂扬其政绩而兴建的纪念碑。从康熙、雍正到乾隆，都认为立碑是官员"沽名钓誉"之举。康熙曾言，如果官员进退，都以百姓之口碑为依据，则国家就会丧失"上下贵贱之体"。雍正告诫官员，尽管地方官要爱民如子，但也不能有意讨好民众，"大凡在任时贴德政之歌谣，离任时具保留之呈牒，皆非真正好官也"。大清律法明文禁止现任官员私自立碑纪功，但屡禁不止。乾隆痛下决心，下令在全国范围内销毁德政碑。从乾隆四十九年（1784）年底至次年年底，各地共销毁石碑一万四千五百四十一座、匾额九百四十九块。

清朝皇帝非常强调专权，事无大小，均由皇上说了算，何况"立碑"乃国家之名器。乾隆禁毁德政碑，表面上是向官场陋习开刀，实质是维护乾纲独断。一切陟罚臧否、行恩施惠必须出自皇恩。

在皇帝看来，兴建德政碑，无论是官员沽名钓誉，还是百姓公论，都不符合统治需求。作为臣子，最重要的是服膺圣训，而不是百姓口碑。与民争利，与士大夫争名，这是皇权专制的本质特征。

权力之茧

美国学者凯斯·R.桑斯坦在《信息乌托邦：众人如何生产知识》一书中描述了这样的情景：在网络时代，公众只注意自己喜欢和选择的信息。久而久之，会将自身置于像蚕茧一般的"茧房"中，使自己陷入偏狭的危险。其实，权力的运行也有陷入"茧房"之险。

唐朝开创者利用关陇集团打天下，反被其"套牢"；后继者利用地方节度使制衡关陇势力，却打开了藩镇割据的"潘多拉魔盒"。

关陇集团始初是个军事组织，后与世族大家联姻，势力盘根错节。李渊家族为了造反成功，极力笼络关陇集团，获得了其鼎力支持。帮李家打下天下后，关陇集团的势力尾大不掉，李唐王朝在一段时期受其牵制。

唐初的统治者意识到了这个问题，决计削弱关陇集团的势力，科举考试选官便是出于这种考虑，但效果并不理想。科举制使一些寒族进入官场，但人数很少；大量的空位，还是需要用之前的九品中正制来补充。这种门阀制度有利于门第高的关陇贵族，世家子弟进入官场的自然还是占了多数。

此外，关陇集团对科举之途也不放过，他们鼓励家族人员读书，以考取功名做官。这些大家族有的是钱支持教育，因此不少科举选拔上来的人才，也是他们的后代。

唐太宗能够开明纳谏，除他本人确实宽宏大度外，他想要集中力量对关陇权贵进行制衡也是一个重要原因。魏晋以来，每朝都会编《氏族录》，唐太宗重新修订《氏族录》，为各大家族重新排序，不过大家族对此并不认同，所以也没有起多大的作用。铁血女皇武则天重修《氏族录》，并更名《姓氏录》，把武姓作为第一贵族，更是没人理她，所以无法流传。

唐玄宗上位后，为了抗衡关陇贵族，重用在中原没有根基的地方节度使。起初节度使的权力并不大，只负责边境地区的安防事务，对朝廷事务没有什么干预和影响。唐玄宗为了加重对抗旧权贵的筹码，把收盐税的权力直接交给了节度使。此外，节度使还获得了边境地区的行政权。于是，节度使集地方军权、财权和行政权于一身，逐渐坐大，成了地区霸主。安禄山正是凭借皇上的宠信，在担任平卢、范阳两镇节度使的同时，还兼任河北采访使，掌管检查刑狱和监察官吏，整个河北都在其掌控之中。

唐玄宗重用地方节度使，本来是为了摆脱关陇集团的束缚，重建自己的权力基础。谁料新的权力基础，反倒成了新的"权力茧房"。野心膨胀的安禄山举兵造反，把唐朝搅得天翻地覆。唐玄宗为了平定叛乱，给了各地藩镇过大的权力，结果叛乱平定之后，这些权力就收不回来了，又导致了藩镇之祸。

这样的例子，不胜枚举。周武王为保天下而分封诸侯，诸侯们却瓜分了周朝天下；秦二世胡亥依靠赵高谋划上位，但逼其自杀的也是赵高；汉献帝依靠曹操收拾乱局，最终却被迫让位于其子曹丕；后周世宗柴荣依靠赵匡胤平定北汉、南唐，黄袍最终加在赵匡胤身上；金太祖依靠女真军事贵族打天下，其弟金太宗登基后被权贵们杖责，而该朝第四帝海陵王在权贵兵变中被杀；朱元璋杀功臣，加强同姓藩王特权以拱卫朝廷，其继承人建文帝却被燕王朱棣推翻。

中国古代权力的运行，基本上在"破旧茧"与"结新茧"的轮回中，这是传统专制政治解不开的死结。

龙旗的底色

　　黄龙旗是清朝国旗，清末才启用。黄龙旗飘起来不久，清王朝就寿终正寝，旗帜坠地。这是龙旗首次用作国旗。历史上，那些胸怀政治雄心或野心、意欲问鼎天下之辈，大多是打出某种旗号，在一定意义上，这些旗号就是他们为图王霸之业而招揽人心的"龙旗"。

　　逐鹿中原的刘邦，先为汉王，后为汉帝，开创汉王朝。汉朝承袭秦朝旧制和大一统格局，国祚绵延四百多年。于是，"汉"文化浸入国人骨髓，影响至深至巨，"汉族"之名由此而来。因无法替代的影响力，"汉"成为中国历史上使用得最多的旗号。而将汉旗号的作用发挥到极致的，是三国时期的刘备。

　　东汉末期群雄并出，曹操挟天子以令诸侯，袁绍家族四世三公，孙权有父兄创下的江东基业，他们的政治资源都非常雄厚。而刘备以贩履织席为业，可依凭的资源极为有限。但刘备不愧是枭雄曹操眼中的"英雄"，他自称是中山靖王刘胜的后裔，并以此大做文章。刘胜是西汉景帝的儿子，而此时已是东汉末期，一个是西汉一个是东汉，刘备与汉献帝可能扯不上什么关系，但他硬是"算"出了自己的"皇叔"身份，举起了匡扶汉室的大旗。

刘备有了兴汉这面旗帜，加上诸葛亮等时杰、能人的辅佐，一路高歌猛进，占荆州，取益州，入巴蜀。有了自己的根据地，刘备终于按捺不住了，当起了汉中王。《后汉书·献帝本纪》这样记述，"刘备自称汉中王"，意指刘备称王并不是汉帝的封授。此时，刘备所打旗号的底色开始显现出来——兴王霸之业——匡扶汉室只是他的幌子罢了。

刘备称王之后，有一个传闻在巴蜀传开，说是汉献帝已被曹丕害死。实际上，曹丕受禅代汉后，废汉献帝为山阳公，邑万户。汉献帝虽已退位，但在自己的封邑内，仍行汉正朔，以天子之礼郊祭，对曹丕上书不称臣，一如舜禹故事。为显示传说中的圣王禅让之事复现于当代，曹丕非但不会害死汉献帝，还唯恐天下人不知道自己优待逊位的汉献帝；因为活着的献帝已然掀不起什么大风浪，但却可以继续用他来牵制刘备等人。刘备是打着兴复汉室的旗帜起兵的，只要汉献帝不死，就意味着汉室未灭，他就不能称帝。事实上，汉献帝比曹丕和刘备死得都晚。

刘备声称要复兴汉室，可是，按照曹丕编排的禅让剧本，汉献帝已亲口宣布天命转移到曹氏，并亲手将汉家的天下禅让给了曹家，这样，刘备复兴汉室的事业便失去了依据。而传闻说，曹丕害死了汉献帝，就像西汉末王莽毒死汉平帝一样，这就属于篡汉了，那么天命仍然在汉，这样刘备复兴汉室的事业便有了正当性和依据。由此看来，应该是刘备方面有意编造了这个传闻。

接下来，刘备像模像样地为献帝发丧——正如某人一旦被宣布死亡，其亲属就可以继承其遗产一样，刘备现在可以毫无顾虑地复兴一个由他本人代表的汉室。随即，刘备登基称帝，国号为汉，史称蜀汉，他意欲继续打着汉的旗号统一中原。

中国历史上曾有多个政权以"汉"命名，除西汉、东汉和蜀汉外，另外还有五个，史学家为了便于区分，给他们起了不同的名字：成汉、汉赵、后汉、北汉和南汉。元末陈友谅的临时政权也取名为"汉"，只因存在时间短而不被史学家承认。从历史上看，不管是打着"汉"还是其他什么旗号，都掩盖不了个人或集团追逐权力的底色。

青词岂作青云梯

"青词"是古代道教举行斋醮时献给上天的奏章祝文。说白了,就是道士们在做法事道场时写给神明的书信。一般为骈俪体,用红色颜料写在青藤纸上,故称"青词",要求形式工整、文字华丽。

明朝嘉靖皇帝在政治上无甚建树,他将主要精力用在玄修上,热衷于炼丹制药和祈求长生,他经常需要用青词来焚化祭天。

上有所好,下必投之。朝廷上下为博得圣上青睐,争相撰写供奉青词,把它当作在官场青云直上的阶梯。《明史·宰辅年表》统计显示,嘉靖十七年(1538)后,内阁十四个辅臣中有九人是通过撰写青词起家的,著名的有夏言、严嵩、徐阶等。

夏言极富文采,对嘉靖作的每一首诗都依韵唱和。他在充任醮坛监礼史时,凡所需应制之作,无不挥笔立就,最合圣意。夏言最终顺利进入内阁,荣升首辅。随着公务的增多,他不可能耗费太多心思在撰写青词上了,这时严嵩就一步一步取代了他。后来夏言因事被罢斥,撰写青词的职责便完全落在严嵩肩上。自此，严嵩权倾朝野二十年。

严嵩暮年之时，内阁中又增添了新的成员——徐阶。他也以撰青词而深得嘉靖青睐，以至于每日召对，后加封为太子太保，进入内阁。这时的徐阶正当壮龄，才思敏捷，而严嵩日渐衰老，文思迟缓，再也写不出漂亮的青词，终被徐阶取代。

夏言、严嵩、徐阶三人除青词写得好外，还有较强的行政能力。嘉靖晚期，由青词决定仕途的情势愈演愈烈，一些词臣别无他能，专以青词邀宠，步步高升，官居大学士，相当于宰相，时人讥之为"青词宰相"。后人以"青词宰相"一词讽刺那些升官阶梯并非正路的人。袁炜便是当时四个"青词宰相"之一。

袁炜通过科举考试进入官场，任皇帝侍读后，靠给嘉靖撰写青词得宠，眷遇日隆。嘉靖常于夜半传出片纸，命阁臣们撰写青词。每当此时，袁炜举笔立就，而且最为工巧，最合嘉靖心意。遇有朝野上下进献珍奇之物，也是袁炜的赞词写得最好——他在青词中拍马屁的功夫超一流。

有一次，嘉靖宠爱的狮猫死了，他十分痛惜，竟然为猫制金棺并葬之于万寿山之麓，还命儒臣献青词超度。在大家都窘然无措时，唯有袁炜挥笔成章，文中有"化狮作龙"等语，最合圣意。皇帝的宠物都仙化成龙了，其主人岂不是更不得了？嘉靖顿时龙颜大悦，于是，袁炜又得到了提升。

袁炜还撰有一副长联：洛水玄龟初献瑞，阴数九，阳数九，九九八十一数，数通乎道，道合元始天尊，一诚有感；岐山丹凤两呈祥，雄鸣六，雌鸣六，六六三十六声，声闻于天，天生嘉靖

213

皇帝，万寿无疆。

联中一句"天生嘉靖皇帝"，袁炜拍马屁的功力尽显无遗，罕有匹敌。他最终位居宰相之列。

嘉靖作为一国之君，崇道玄修，后果严重。对其个人来说，他一生妄求长生，最终因误食丹药身亡；对整个国家而言，他滥用道教祥瑞于政治，粉饰太平，不以德能政绩而以青词任用官员，怠政养奸。海瑞在其"天下第一疏"中指出，"陛下之误多矣，其大端在于斋醮"，言下之意，嘉靖最大的错误是热衷"青词政治"，不问苍生问鬼神。

恩荫也是权力世袭

　　"打天下，坐天下"的思想在中国古代根深蒂固。一旦某集团成功夺取天下，老大登基称帝，其他一起卖命的人则封侯拜相，共享荣华。这还不够，为了让"成果"惠及后代，绵延不绝，打天下者建立了世袭制。

　　但严格来讲，只有在先秦时代才有名正言顺的全面的世袭，上至天子、封君，下至公卿、大夫、士，他们的爵位、封邑和官职都是父子相承的。仅从职位而言，自秦至清，真正一直世袭的基本上只有帝位。臣子们的子孙承袭的主要是爵位、封邑，要想取得官位，得靠皇帝主子的"恩荫"——因祖辈父辈的地位，子孙后辈在入仕方面享受特殊待遇。这是公权力世袭制的一种变相。

　　帮嬴政扫平六国的功臣们，没来得及让后代享受成果，秦朝便匆匆而亡。随后的西汉，实行"任子制"，规定二千石以上官员，任满三年，可送子弟一人到京师任郎官，给皇帝当侍从。东汉沿袭这一制度，实施更为宽松，到东汉末，公卿子弟往往幼年已任郎官，时人讥为"童子郎"。唐朝规定，凡官员皆可荫子，五品以上官员除荫子外还可以荫孙，三品以上官员可荫曾孙。恩荫最初获得的不是实际职位，而是相应品级的"官阶"，有相应的级别和待遇，但没有具体职掌，要在吏部排队，待有实职空缺再委任。

明朝恩荫较严格，最初规定文官七品以上，可以荫子一人。永乐皇帝之后，制度越发严格，三品以上，考满著绩，方得请荫。清朝恩荫分三类：一种是针对高级官员子弟的恩荫，大体可直接获得监生身份，学习考试合格之后授予实际职务；另一种是"难荫"，凡阵亡官员，不论满汉，都授予世职；最后一种是"特荫"，主要是针对功臣子孙无官职或官职较低，无法享受恩荫的，皇帝通过特别加恩，使其能够享受恩荫待遇。

隋朝首开科举选官，后继者虽延续这个制度，但"恩荫"仍是科举之外的另一种主要任官途径。朝廷一方面通过科举选拔到管理人才，同时也为底层提供了上升的希望，并以此为社会减压；另一方面，通过"恩荫"制度来确保除皇室之外的权贵集团的利益。

在中国古代，把"恩荫"制度发挥到极致的是宋朝。据统计，北宋一代平均每年以各种恩荫补官者，超过五百人，这一数字远远超过了平均每年由科举入仕人数。在科举考试非常发达的宋朝，这一结果是如何造成的？

宋朝规定：三公、宰相之子，可以恩荫充任中央各寺丞；使相、参知政事、枢密使、宣徽使之子，恩荫可以担任太祝或奉礼郎。皇帝每三年祭天一次，按惯例施恩天下，往往一次恩荫数千人，掌握中枢大权的宰执大臣，甚至可以恩荫门客、医师。

宋代是一人入仕，子孙、亲族俱可得官。宋朝恩荫的机会除皇帝祭天那次外，另外主要还有三次：每年逢皇帝诞辰一次，官员告老退休时一次，官员死时上遗表一次。功臣死后，推恩可达二十余人。

恩荫制度保证了权贵子弟入仕途径的畅通，使一批不学无术的纨绔子弟混入了官僚队伍，官吏的整体素质由此下降。对官僚子弟来说，凭父辈的政治特权得以入仕，要比科举入仕既省力又快捷，那些权贵子弟不愿再习文修武，只坐等官禄。

北宋滥行恩荫，加大了冗官之弊，也培植了一个寄生官僚阶层，他们只图享乐，政治生活日益腐败。最终，山河破碎，徽、钦二帝被掳当俘，受尽屈辱而死。如此"坐天下"，岂能久乎？

胜利者的伪饰

读史书须提高警惕。过去的历史记载、历史书籍不全是历史真实。成王败寇。古代政治斗争中的获胜者，往往会对不利于自己的历史记载进行大肆篡改、毁灭，以便掩盖劣迹，朝自己脸上贴金。

唐以前，史书大多为私家编撰，统治者篡改或毁掉的多是私家史书。南北朝时期的梁武帝萧衍曾是南齐权臣，他逼迫和帝萧宝融禅位，自己坐上了龙椅，改国号为梁。文官吴均私撰《齐春秋》，把萧衍称帝的不光彩历史如实写出。萧衍下令罢去吴均官职，并将《齐春秋》付之一炬。

从唐开始，多由朝廷出面组织修史，从而使篡改历史不仅成为了可能，还成为了必然。史学的官方化，使国史撰著成为官府的一项政治文化活动，篡改历史也成了集体行为。

唐太宗李世民称得上是"明君"，但是他也"修改"过史书。李世民晚年，曾几次提出要看"起居注"。贞观十三年（639），褚遂良为谏议大夫，兼记"起居注"。李世民提出想看褚遂良所记的内容。古代有一个规定，帝王是不能看史官所记的关于他自己的实录的。这是为了保证史官能真正秉笔直书国君功过善恶的一个制度。开始，褚遂良还能拒绝李世民，后来终于拗不过，将"起居注"删为"实录"给他看。

后人在史书上看到了玄武门之变，记载着唐太宗杀兄逼父的史实，自然便想不到唐太宗会去篡改历史。其实，历史是隔不断的，李世民不记载玄武门之变，后人的演义和夸张就不可想象——血腥夺权的方式毕竟不地道，李世民也害怕别人说三道四。但李世民又不可能完全歪曲玄武门之变的基本史实，只能是将这一事变解释得圆满得一些，以"正"视听。所以，史书既"如实"写下了玄武门之变，但也花了大量的篇幅来粉饰李世民杀兄逼父的原因。比如史书说：李渊如何无能，他如何多次想立李世民为太子；太子李建成和齐王李元吉如何恶劣，如何嫉妒李世民，等等。这些说法，如今史学界均认为是不实的。

到了封建专制最严酷的明清时期，对记载皇帝的"实录"及史书的篡改达到了空前的程度。帝王总是千方百计地把自己的见不得人的言行从史书中抹掉，一是防止它们传到国人和后人的眼中，引起骚动；二是只让后人永记自己的"文治武功"。

朱棣是带兵打进京师才做成皇帝的，龙椅一坐稳，为摆脱篡夺之嫌疑，堵天下人之口，他首先做的是否定前朝的合法性。朱棣不承认建文帝的年号，把建文四年（1402）改称洪武（朱元璋年号）三十五年，表示他这个帝位不是从建文帝那里来的，而是直接继承自太祖高皇帝朱元璋。其次是改出身。皇位继承，讲究嫡长之分，为了让自己的得位显得合法，他将建文帝时代所修的《太祖实录》修改了两次，称自己是朱元璋的原配马皇后所生，与懿文太子朱标及秦、晋二王同母，因他的这几个兄长已经亡故，诸王中自己居长，所以从伦序上说，入继大统是理所当然。事实上，朱棣乃朱元璋妃子所生。

朱棣要让人们的大脑彻底洗去建文朝的一切记忆，于是建文帝时期的政府档案被大量销毁，宫廷档案和皇帝起居录等被涂写和修改，一切记载这一政变的私家记述和文献都被禁。因为篡改得太厉害，导致漏洞百出，于是有"有明一代，国史失诬，家史失谀，野史失臆。故二百八十年，总成一诬妄世界"（张岱语）之说。

清朝的开创者奴尔哈赤本是明朝的地方官，趁中原内乱乘虚而入。他们确立全国统治后，不遗余力地搜书、焚书，删除、篡改史书，竭尽全力消灭自己杀人起家的罪证。尤其在编纂"明史"上花费了不少心思，把有关其祖先建州女真的史料或刻意隐瞒、歪曲，或删除、篡改，只为证明其祖先在历史上一直是自主的，从未臣属过明廷，建州女真也从来没受到明朝政府的管辖。

历史的脂粉抹得再厚实，终究会有开裂剥落的一天。古代统治者虽极尽篡改之能事，但大多会留下蛛丝马迹；关键在于，我们是否有探究真相的精神和发现真相的慧眼。

政治避讳是专制文化的怪胎

避讳是中国历史上特有的文化现象，意思是对君主和尊长的名字，必须避免直接说出或写出。避讳最早只是一种民俗，主要是为长者和圣贤讳，后来慢慢演变成制度，成为政治文化的重要组成部分。"政治避讳"包括"国讳"和"官讳"。

"国讳"，是对当代帝王及本朝历代皇帝之名进行避讳。如在东汉刘秀时期，秀才被改成茂才；清乾隆曾下诏门联中不许有五福临门四字，为的是避讳顺治帝福临之名。此类例子历史上比比皆是。有时甚至还要避讳皇后之名，如西汉吕后名雉，臣子们遇到雉要改称野鸡。

"官讳"，即下属要讳长官本人及其父祖的名讳。一些骄横的官员甚至严令手下及百姓要避其名讳。

北宋权相蔡京在位之时，其党羽薛昂，因为蔡京的关系，得以执掌朝政，视蔡京为再生父母。于是，他全家都为蔡京避讳，有人失误口出"京"字，就被用鞭子抽打。他曾经失口说了蔡京之名，就自打嘴巴。当时在公家食堂，一般是厨工念菜谱，然后官员点菜索取。独有"菜羹"以其音颇似"蔡京"，故回避而叫

"虀菜"。

南宋诗人陆游编著的《老学庵笔记》记有一则故事：州官田登不准下属及州中百姓叫其名，也不准写其名，到了正月十五照例要放灯三天。写布告的小吏不敢写灯字，改为"本州依例放火三日"。由此便有了"只许州官放火，不准百姓点灯"的笑话。

中国历史是专制制度和专制文化不断强化的历史，至明清达到顶峰。"政治避讳"始于周朝，成于唐宋，延及清末，避讳的范围和内容愈加繁密。"政治避讳"是专制文化孕育的一个怪胎，也是我们窥探中国专制文化的一个极好的窗口。

最初，只避君主、上司之名及名之相同字而已。三国以后，开始有连与名音同，甚至音近的字也回避的，这叫避嫌名。如晋朝羊祜（音"户"）为荆州太守时，州人讳其名，皆称户为"门"，又改"户曹"为"辞曹"。后世讳避嫌名的风气愈演愈烈，至宋颁布文书令，竟有一帝应避嫌名超过五十字的。

最初，对于二字之名，只需避免二字连用，无须逐字为讳。然至唐朝，则往往二字并讳。该朝修撰的《晋书》《隋书》《南史》《北史》诸史中，讳李世民之"世"为"代"，讳"民"作"人"之例，比比皆是。

唐宋时期，避讳既繁且滥，除嫌名外，又有避及偏旁字的。唐武宗名炎，乃兼避"谈""淡""郯"，时人改"谈"作"谭"、书"淡"为"澹"；而唐顺宗子李经，本封郯王，其后人李嗣周因避武宗讳，袭爵而改称嗣覃王。更有甚者，宋代宋偓本名延渥，只因父名廷浩，后字从"水"，遂上言改名为

222

"偓"。这避讳就涉及字的形旁了。

避讳以讳名为主，然而也有讳字的、讳姓的，以至讳陵名、讳谥号、讳年号，等等。明代以国姓朱，内臣姓朱者令改姓诸，这是讳姓。南朝宋明帝，以长宁郡名与文帝陵相同，改为永宁郡，这是讳陵名。三国时期魏国，初曾谥司马昭之父司马懿为文侯、兄司马师为武侯，司马昭以文、武乃魏高祖曹丕、太祖曹操谥号，不敢与二祖相同，上表请改，遂易谥宣文、忠武，这是讳谥号。晋惠帝因用年号永康，遂改永康县为武康，这是讳年号。"政治避讳"的内容十分丰富，实不限讳名一项。

清廷作为外来的统治者，在文化上不自信，对避讳更加敏感，大兴"文字狱"。乾隆时江西有个举人名王锡侯，因为他著有一本书《字贯》，开篇的凡例，就将康熙、雍正、乾隆之字写出来，为的是好给人家回避。但是他写这些名字时，都是将整个字写出来的，没有拆散，最后被判大逆不道之罪，全家八人被斩。且江西巡抚海成等官员也因不能查出叛逆，而被牵连从重治罪。

"政治避讳"源于国家权力的垄断性，某些字正如"黄袍"一样，只许帝王独占，不容他人染指，这是皇权和等级制度在文化上的体现。

占星术的政治玄机

　　"天人合一""天人感应"是古代中国社会的主流观念，认为人事是天象的反映，人事要顺应天意。作为沟通"天"与"人"的重要手段——占星术，在古代中国的政治生活中占有重要地位。

　　"君权天授""天命转移"的观念在古代深入人心，因此人们认为每逢改朝换代之际，必有天命的转移，而天命又是由天象来显示的。于是，当一个新的政治集团崛起并意图问鼎天下时，它的占星家就要利用对星象的解释，来论证新王朝的合法性。这类事例在中国古代史上不胜枚举。

　　据《淮南子·兵略训》记载，周武王伐纣向东进军时，东方天空曾出现过一颗彗星，彗尾指向西方，即周人所居之地，意味着将权柄授于周人。而刘邦进入关中时，也说有"五星聚于东井"（《汉书·高祖纪》），以预示他将成帝业。杨坚准备逼迫北周皇帝禅位，欲以"天意"昭示天下，道士张宾揣摩到了杨坚的用意，便自称通晓占星术，极言星象显示将改朝换代；于是他被杨坚重用，收入幕府。再如明太祖朱元璋，据说他参与群雄逐

224

鹿时，有一位"腹内罗星斗"的道士刘日新，预言他将成帝王之业。这类传说有时也可以是事后附会，但仍是为新朝取代旧朝的合法性进行的有效"论证"。

除了充当改朝换代的舆论工具外，占星术也常常被用来打击政敌，其作用之大，从下面事例中可见一斑。

北宋时期，郭天信原是太史局的属吏，据说他因精通占星术而被宋徽宗宠信。郭见蔡京专权，意欲将他扳倒，便称太阳中有黑子。按照占星学理论，这昭示朝中有大臣擅权枉法。宋徽宗心中疑惧，不久便将蔡京罢黜。蔡京倒台当然有各种原因，但郭天信的"占星术攻势"至少起到了推波助澜的作用，加速了蔡京的失势。

明代胡惟庸为了打击刘伯温，也很巧妙地利用了占星术。他向明太祖朱元璋诬告刘伯温要想占一块有"王气"的地作墓地，引起了朱元璋对刘伯温的怀疑——刘伯温是朱元璋夺天下时的首席占星学家，现在他自己想染指"王气"，岂不是已有不臣之心？胡惟庸的这一手吓得刘伯温不敢离京，从此一病不起。

星象记录本来是皇家的占星学档案，在专制统治的政治运作中，尔虞我诈、黑暗凶险，遂有出于政治目的而伪造星象记录或谎报星象之事。

伪造现象比较严重的星象记录之一是"五星聚舍"，即金、木、水、火、土五大行星同时出现在天空之中的一个小范围内。在占星学理论中，这一天象一直是改朝换代的征兆。正因为如此，在古史传说中，周文王兴起时、齐桓公称霸时，包括前文提到的刘邦入关中时，都出现了"五星聚舍"的天象。汉代以后，见于史籍记载的"五星聚舍"又有七次。但近年的研究表明，这些"五星聚舍"天象大多都不是实录。

伪造现象比较严重的星象记录之二是"荧惑守心"。"荧惑"指火星，"荧惑守心"是指火星在心宿内发生"留"的现象。从先秦时代起，这就被认为是一种大凶的天象，象征皇帝驾崩或丞相下台。历代官史中记载"荧惑守心"共二十三次，其中仅六次真实，其余皆属虚构。在那些虚构的"荧惑守心"天象中，特别有名的一次发生在西汉成帝绥和二年（前7）。

这年春天，善于占星术的郎贲丽上言，有"荧惑守心"现象，应以大臣当天谴。于是皇帝召见丞相翟方进，翟方进即日被迫自杀。这是在政治斗争中利用伪造星象的典型事例之一。根据清初思想家王夫之的看法，翟方进很可能是因妨碍王莽夺权而被除掉的。

某些观念或理论，无论对错，一旦成为主流意识形态，就必然会依附巨大的利益。与此同时，这种观念或理论，也成为争权夺利的舆论武器。占星术成为意识形态工具之后，它是否具有科学性和合理性，时人是否真信，已不重要；重要的是，它能够为维护统治，或在政治斗争中发挥巨大的作用。这或许才是占星术在古代屡遭批判，却又长盛不衰的根本原因。

禅让中的民意包装

禅让制是原始部落联盟首领传袭的制度，以传位给贤能者为主要宗旨，如尧传位于舜，舜传位于禹。历史上，阴谋家常常把自己对帝位的篡夺包装成"禅让"。

禅让可分"内禅"与"外禅"，内禅为帝王将帝位让给同姓人，外禅则是天子禅位于外姓人。内禅以"血统论"作基础，往往顺理成章，波澜不惊。外禅则需要营造强大的社会舆论，以所谓的"民意"为权力转移披上合法的外衣。

篡汉建立新朝的王莽，是民意操纵方面的行家里手。操纵民意首先得笼络民心，以获得统治阶层上下的普遍好感与赞誉。作为太后的侄子，叔父又手秉国政，王莽要步入政权中心应该轻而易举。但王莽一心要使自己的步入政坛建立在社会对他的德行能绩的肯定上，而不是建立在他对世资的依靠上。

博取统治集团上下一致好感的手段就在于塑造良好的政治形象。王莽首先把自己打扮成儒者——守礼的卫道士。在家孝顺母亲，礼敬寡嫂，慈养孤侄；从政敬上礼下，温良恭谦，折节下人。通过礼的雕琢与儒的文饰，王莽的德行得到了统治者的普遍首肯，故"在位者更推荐之"。王莽还通过侍候汤药，得到相继握有实权的伯父大将军王凤、叔父王商与王根的信赖，很快擢升为黄门郎，并被封为新都侯。然而，王莽又不是那种动辄循礼的腐儒。他相继诛灭、逼死两个儿子以及侄子与叔父，不为生母守三年孝，这些过激的行为，为他博得大义灭亲、公而忘私的美誉。

班固在《汉书·王莽传》中评价王莽为"佞邪之材"，表现在"要名誉"上，王莽汲汲追求的是"在家必闻，在国必闻"的名誉。故无论是他在宗室与乡邻小范围内对宗亲师友的"折节力行"，还是从政上的"直道而行"，都是为了获取众人之誉。王莽由卑微走向煊赫的每一个阶段，都陪伴着宗族、师友、僚属、臣民的一片称誉。声誉于是成了王莽禅让政治的重要资本。他通过声誉来捕获民心，然后通过操纵民心来实现自己的政治意图。

王莽麾下聚集了一帮投机文人，专为他篡位而鼓动宣传。崔发专项负责符瑞符命，制造"天命归莽"的假象。陈崇是民意的直接制造者、民众运动的鼓动者。王舜负责符命与民意的上传，主要任务是给太皇太后转述。刘歆则专职于经籍史料的整理，为统一思想而不遗余力。

王莽操纵民意的手腕是很娴熟的。他退守侯国的三年，上书为他说好话的官吏达数百人，连贤良方正的人士也在对策中称颂他的功德，可见王莽在汉哀帝时代就已经开始有意地利用与操纵民意。哀帝辞世王莽当政后，禅让政治的鼓吹活动更加变本加厉。王莽被封安汉公，就是他自己以吉兆奏言太后，然后群臣进言太后，建议授予安汉公爵号的。这种一人倡之、众人和之的手段在以后的政治活动中屡试不爽。王莽想加"九锡"，其地位在诸侯王之上，群臣受意，于是"公卿大夫、博士、议郎、列侯张纯等九百二人"强烈请求授予王莽九锡殊礼。

正是通过这种有组织的宣传鼓动活动，王莽才得以由微不足道的新都侯向主宰西汉政局的安汉公、宰衡、居摄王、假皇帝跨进，最后成为真天子，完成了汉新政权以禅让方式的和平过渡。

王莽操纵民意的做法，为魏晋南北朝权臣活学活用，其中以曹丕、梁武帝在这方面的模仿与改进最为突出。曹丕禅汉，府臣与朝臣的劝禅多达十九次，其中群众性大规模的劝禅活动有两次。梁武帝禅齐前，齐廷官员八百一十九人，以及梁府臣子一百一十七人，一起上表劝进。

魏晋南北朝的民意操纵呈现规范化、程序化的特点。府臣是民意操纵的主角，他们负责筹划、组织、运作民意，而朝臣只是被动地响应与参加表述。

由此看来，所谓禅位中的"民意"，其实是假民意，与民心无关。它只是阴谋家对"选贤与能"和"得民心者得天下"两大政治原则的玩弄而已。

借"史"杀人

中国有官方修史的传统。修史可以用来教化、资治和明道，但也常被古代统治者用来美化自己的过去。不过，修史被借用为杀人之刀，却不多见。

官修当朝史与政治活动密切相关，当朝重要政治人物的言行多记载其中。它既是官方评判事件是非的标准，也是评判人物善恶的依据。掌握了修史的权力，就可以操控舆论，抬高自己，打击异己。因此，各方政治势力都很重视修史。

太监魏忠贤擅长拍马屁，入宫没多久，便受到提拔，到明熹宗身边当差。成为皇帝面前"红人"后，宫中很多人开始巴结他，但东林党人却看不起他。魏忠贤为掌握实权，开始处理对自己威胁最大的东林党。双方形成各自的阵营，一场没有硝烟的战争，在朝中打响。

阉党为了打击东林党人，炮制了六君子之狱、七君子之狱等一系列政治事件，对"梃击""红丸""移宫"三案进行翻案是其重要步骤之一。魏忠贤让其死党顾秉谦带几个人重修当代史，以便将其作为政治斗争的阵地——用舆论当武器。

万历帝曾想立宠妃郑氏的儿子常洵为太子，这背违"立长立嫡"的祖训，遭到朝中东林党人的极力反对。万历帝孤立无援，只能立长子常洛为太子。男子张差手持木棍闯入太子寝宫，打伤太监后被生擒勘审。张差一口咬定，自己收了郑氏手下太监庞保、刘成的钱，才去杀太子的。但张差语无伦次，似乎精神有问题。万历帝下令以疯癫奸徒罪处死张差，并秘密杀死庞保、刘成，草草了结"梃击案"。

光宗常洛即位后，郑贵妃为讨好他，挑选八名美姬进献。光宗本已虚弱的身体，更加不堪。他怕死，服用红丸。初服一丸，四肢和暖，思进饮食；再进一丸，于次日凌晨即亡。此为"红丸案"。

光宗的宠妃李氏，为照顾皇长子朱由校迁入乾清宫。不到一月，光宗便死了。李氏企图挟皇长子自重。朝中东林党人杨涟、左光斗等，为防其干预朝事，逼迫李氏离开乾清宫。李氏无奈，移居哕鸾宫，是谓"移宫案"。

东林党人叶向高在主持编修《光宗实录》时，力持公平，基本上客观地描述了"三案"真相：梃击案、红丸案是郑贵妃谋害光宗，欲以己子代之；移宫案是为了阻止后宫干政。

阉党为了从政治上和舆论上彻底打倒东林党，力主重修《光宗实录》，为"三案"全面翻案，推翻了东林党人之前的论断。阉党认定：张差确系疯癫，光宗之死是因为哀慕神宗，东林党人"移宫"是为了贪图"定策之功"。

此外，阉党还主持纂修《三朝要典》，进一步统一官方说法，指责东林党人贪图功名，排除异己，离间皇家骨肉亲情。该书充满对东林党的诋毁，成为阉党打击东林党的重要工具。例如重述"梃击案"时，诬陷东林党人何士晋是祸首，说他利用非常手段查案，捏造事实，敲诈无辜之人。在重述"红丸案"和"移宫案"时，也如法炮制。

《三朝要典》撰写完成后，在朝野广泛传播，严重损坏了东林党人的形象。阉党借助舆论之力，把政敌往死里整，很多东林党人被迫害致死。东林六君子之一的魏大中，就是在牢中被活活打死的，其子魏学洢悲痛至极，"号啕至于死"，年仅二十九岁。而魏忠贤这边声势大涨。

这种形势在崇祯帝即位后得到逆转。他常年生活在宫中，对魏忠贤阉党的罪行，耳闻目睹，一清二楚。他登基刚三个月，便一举铲除了阉党。他给被诬陷的东林党平反，并下诏毁掉《三朝要典》，将其列为禁书。

但到了弘光朝廷，《三朝要典》依然是政治斗争的武器。弘光帝朱由崧是万历帝宠妃郑贵妃的孙子，在南明朝廷建立之际，东林党人竭力拥戴潞王朱常淓即位，认为"潞王立，则无后患罪，且可邀功"。新仇加旧恨，即位后的朱由崧自然对东林党人颇为不满，重颁《三朝要典》以打击东林党人。而这，又掀起一场风波，加剧了弘光朝廷的党争。

《三朝要典》颠倒黑白，连清朝统治者也看不过去，将其列入禁毁书目。军机处在奏折中说："其书名为敕修，实一时阉党借此罗织正士献媚客魏，中间颠倒是非，天良灭绝，本应毁弃，又有狂悖之处，应请销毁。"

　　《三朝要典》开启了修史以助党争的先例，无怪乎明末著名文学家、抗清英雄吴应箕，在《启祯两朝剥复录》一书中认为，《三朝要典》欲盖弥彰，是杀人之书——这可谓一针见血。这部书也成为史上臭名昭著的"名著"。

"再受命"救不了衰世

西汉自创立到汉哀帝刘欣时，已近二百年，演进至此，王朝已趋暮年。哀帝之后，虽然还有平帝、太子刘婴，但都是傀儡，大权旁落外戚，最终王莽篡汉。刘欣曾想有所作为，但其努力最终泡汤，汉室中兴梦灭。

刘欣并非嫡系接班人。汉成帝没有活到成年的子嗣，作为侄子的刘欣继承了帝位，此时他已十九岁，心智基本成熟。他不满伯父汉成帝的糜烂颓废，而追慕汉武帝、汉宣帝的武功文治。

新帝想有所作为，就得重建自己的权力基础。刘欣先将外戚王氏家族排挤出权力中心，放逐了大司马王莽，改由自己的外戚担任，还不断处置前朝留下的重臣。他重置政府机构，撤销大司空，恢复丞相、御史大夫的两府旧制，防止大臣集权。

汉朝土地兼并严重，失地农民只能沦为流民或奴婢，社会贫富分化加剧。刘欣刚继位就颁布"限田令"，限制土地兼并；颁布"限奴婢令"，规定不同等级的人所能拥有的奴婢数量。

但当时掌权的外戚丁、傅两家和刘欣的男宠董贤，都拥有大量土地和奴婢，此方案触犯了他们的利益，于是他们百般反对和阻挠。其实汉哀帝本人也并不想真正限田、限奴婢。方案公布不久，他一次就赏给董贤土地两万顷，还赐给他家里的奴婢每人十万钱。结果，扩田蓄奴现象愈演愈烈。

刘欣所面临的，不只是权力和社会问题，还有意识形态问题。汉朝盛行谶纬神学，迷信"五德终始"之说。此说认为，木、火、土、金、水五行所代表的五种德性，周而复始，循环运转。王朝命运也是如此，风水轮流转。汉朝统治者为了强调统治的合法性，把自己打扮成尧的后人。但是，刘欣继位时，朝野上下弥漫着浓重的"改姓易代"氛围，汉廷已经毫不避讳谈论皇室天命中衰。人们说，汉家作为尧后，其德已衰，按照"五德终始"之说，接下来要由舜的后人来受命。面对这种谶言，皇室左右为难：如果打压禁止，对笃信谶纬的汉朝人不仅没用，反而会反弹；如果置之不理，谶言也不会消失。汉室面临着执政合法性危机。

刘欣即位后，决心主动回应谶言，争夺"天人感应"的神学话语权，避免"天命转移"。他刻意寻访精通此道的人，希望能顺其意而用之。在骑都尉李寻的引荐下，其学生夏贺良进入刘欣的视野。李寻精通天文灾异之学，一时风头正盛，师徒两人都主张"再受命"之说。刘欣多次和夏贺良深谈，十分认同他的学说：汉家历数中衰，必须要"再受命"，改元易号，才能避免权力失落。

刘欣就在即位的第二年，即建平二年（前5），根据夏贺良的设计，下诏开启了汉家"再受命"的改制。其方法很简单：既然是"再受命"，就把建平二年改为太初元将元年；既然要让尧的后人禅让给舜的后人，那就给自己加上舜的称号，自称"陈圣刘太平皇帝"，并大赦天下。

舜的后裔是陈氏，把"陈"加到帝号之上，帝号里同时保留刘姓，意味着哀帝既是尧后又是舜后。这种做法明显自相矛盾，无法自圆其说。

李寻是否真信"再受命"之说，不得而知，但他显然看到这个理论背后的利益。夏贺良的建议被皇帝采纳，李寻很是振奋，想借着"再受命"改制的机会，掌握外朝大权。他与夏贺良、解光等人串通勾结，企图罢退丞相、御史，自己与解光两人辅政。这触犯了刘欣。刘欣重用夏贺良，是要把儒家"受命"理论的阐释权抓在自己手里，而不是要委政于人。李寻的做法，刘欣无法容忍。对皇帝来说，最要紧的还是权力。刘欣马上下诏废除改制，处死了夏贺良，流放了李寻和解光。这场改制只维持了一个多月。

刘欣的人生如同这场改制，轰轰烈烈地开始，匆匆忙忙地结束，他死时年仅二十五岁，这让王莽有了可乘之机。本来危机重重的汉王室，又新添了权力危机。

引导舆论的骗局，难以奏效。自相矛盾的改制，也不可能成功。病入膏肓的西汉王朝，来日无多了。

精神上的活埋

万历十五年（1587），大明国祚进入倒计时。这一年，万历帝开始了他与外隔绝的长期幽居，而这似乎在四年前就埋下了伏笔。那一年，他开始为自己修建陵墓。这成为他人生的一个隐喻——在精神上将自己活埋，虽然其肉体来到尘世才刚二十个春秋。而他先辈的陵墓，几乎都是在晚年或去世后才开始修建。

万历帝后宫佳丽如云，郑氏最受宠爱。爱屋及乌，皇上想立她所生之子常洵为太子。大臣们却不依不饶，认为应该立恭妃王氏所生的皇长子常洛。王氏不受宠，其子自然不是皇上心中的理想人选。

以前，朝中大事是内阁首辅张居正说了算，那时的万历帝毕竟只是个孩子，心智难堪大任。但他现在已经成年，大臣们却似乎仍然把他当作孩子，很多事做不了主，无法乾纲独断。身为皇帝，却不能为心爱的女人谋福利，万历帝觉得窝囊。作为士大夫，却不能很好地维护儒家政治伦理，大臣们也觉得怄气。

先辈们打下江山，也打造了精致的官僚体制。官僚体制具有双重性，它既有助于朝政正常运转，也可能束缚皇帝的手脚。

万历皇帝像

万历帝没有洪武帝、永乐帝的铁腕手段，也没有嘉靖帝的阴柔权术，他只得选择逃避与"冷战"，以表达自己的愤懑和无奈。

一边是"皇长子应为太子"的传统政治伦理，一边是"我是老大我做主"的皇权逻辑，大臣与皇上都不相让，一直僵持着，万历帝索性谁都不立了。经过十多年的长期对峙，大臣们最终胜出，常洛被立为皇太子。

处于下风而又无可奈何，万历帝很失落，便破罐子破摔，躲进深宫，沉溺酒色，加上体弱多病，他竟前后长达三十年不出宫门，当起了"宅男"。他不上朝，不阅奏折，不见臣子，不拜祖宗，甚至连亲生母亲的葬礼也不参加，破例派大臣代替他行事。长居深宫，很多大臣都不知道万历帝长什么样。

高级官员的递补必须征得皇上首肯，万历帝宁愿让位置空着，也不表态。朝中大事需要皇上钦定，万历帝不置可否。大臣们不敢擅自做主，整天无所事事。官僚体制有自身的逻辑和惯性，皇帝疏怠也许短期内不会影响朝政正常运转，但年深日久问题便凸现出来。

张居正主政的万历早期，大明帝国曾经一度呈现中兴气象。士大夫们或把皇上视为真命天子，是实现治国平天下理想的代理人；或把朱氏王朝当作利益共同体，皇族有肉吃我有汤喝，大多自觉或不自觉地维护着皇权。他们认为乱立太子是动摇国本，所以必须极力阻止。不过，既然在皇上眼中，江山不如女人重要，那作为臣子，又何必一根筋？于是，朝中人心，纷纷离散。

一些人趁朝政荒废、管理混乱，大肆贪腐。也有一些正直的大臣犯颜直谏，严厉批评皇上，可万历帝懒得搭理，只当没听见。这些大臣既对朝廷丧失了信心，又不愿同流合污，于是纷纷称病去职。一向温文尔雅的内阁辅臣叶向高，也忍无可忍，在第二十六道乞休奏疏中，痛陈皇帝怠于临朝造成的恶果，称"廊庙不成廊庙，世界不成世界"，可谓入木三分，痛快淋漓。但万历帝仍然无动于衷，任由事态恶化。

国君的气质决定了国家的气象。青年万历帝在精神上将自己活埋，他活埋的不只是他个人，还有他背后的大明王朝。在他要死不活的统治下，明王朝一直萎靡不振，后来又摊上其他庸君和权阉魏忠贤乱政，明王朝的元气一泻千里，最终消失殆尽。

偏安朝廷的禅让病

为了争夺皇位，父子兄弟相残之事不绝于史，但也有主动禅位的记载。禅让一次不足为奇，如李渊让位于李世民，乾隆让位于嘉庆等；而南宋竟然连续出现三次禅让，足以成为一种现象。

尧禅位于舜，舜禅位于禹，这是让位贤能，本是光耀千古的美德。而南宋三个禅位的皇帝，更多是出于委曲求全和逃避责任，禅让在这里成了病态心理的表现。

这种病态与赵氏王朝前辈遗传下来的政治基因有关。北宋徽宗胆怯于来势汹汹的金兵，为了不当亡国之君，提早禅位于儿子宋钦宗。不久，金人攻破京城，将包括徽宗、钦宗在内的皇室成员悉数掠走，只剩赵构这一漏网之鱼。宋高宗赵构建立南宋，延续赵氏国祚，也继承了赵氏王朝的政治基因，这种基因在他身上还得到强化，然后又传给了后人。

经历靖康之变的人，都不会忘记这场灾难和耻辱，因而南宋有一种刻骨铭心的雪耻情结。但高宗有自己的小算盘：如果打败金国迎回二帝，自己的皇位将受到威胁，毕竟一国不容二主；主战武将在抗金中势力将不断扩大，也会威胁到君权。出于这些考虑，高宗不愿直捣黄龙府，他向金国上表称臣，签订屈辱和约，处死主战将领岳飞。他又坐视权相秦桧陷害了不少忠臣义士，压制他们对屈辱和议的抗议。

投降派代表秦桧死后，高宗虽然贬黜其部分亲信，但仍豁免了秦桧父子的赃罪，下令不予追究。南宋史家吕中评断高宗"更化"说，"桧之身虽死，而桧之心未尝不存"，高宗继续着没有秦桧的"秦桧路线"，因为这个路线本来就是高宗与秦桧共同打造的。当声讨乞和降金的声浪不断高涨时，高宗警告天下："如敢妄议，当重置典刑。"

绍兴二十六年（1156），一个从北方逃来的士人上书力言金人准备南侵。但高宗竟然下诏声明：和约事实上由他一手决定，断不会因为秦桧的死亡而改变。他把上书者流放，下令禁止讨论边事。

自从宋金和议之后，南宋将骄兵惰，无复备战，将领都去经商敛财，士卒皆成行商坐贾，军队的素质急剧退化，没有了战斗力。金兵再次南侵，迅速攻陷两淮防线。高宗极为震恐，一度准备解散百官，航海避敌。同时，又下诏罪己，语气极为哀痛。大臣中主张乘机北伐的呼声逐渐激昂。高宗乞和梦灭，不敢面对现实，在自己壮年就让位给宋孝宗。

孝宗本来想有所作为，即位后积极为岳飞平反，任用主战派人士，锐意收复北宋故疆；但他无法实现这个目标，因为太上皇反对。从即位开始，孝宗对金的政策就限于两个由太上皇定下的目标：一是归还河南，主要含东京开封和西京洛阳；二是将金宋关系由君臣改为兄弟。不过，孝宗始终坚持宋方拥有在绍兴三十一年（1161）后收复的土地。金人对此予以拒绝，只愿意将君臣关系转为叔侄关系——金主为叔，宋皇为侄，等于承认太上皇高宗为兄。太上皇觉得这给自己留了面子，表示满意。但孝宗仍不甘愿放弃金人要求的所有土地。太上皇于是多次干涉，再三告诫孝宗不可轻信主战大臣张浚。孝宗最终被迫将张浚调离朝廷。

年复一年，太上皇厌战的心态并没有改变，生怕激怒金人，引来战祸。金宋虽改以叔侄相称，但金人仍然要求孝宗依照君臣礼仪，降榻立接国书。孝宗的目标，就是要改变这种卑屈的象征，但太上皇命令孝宗立接国书。不但如此，孝宗希望在大年初一先朝见太上皇以示尊卑，太上皇却坚持要他先接见金使。

由于太上皇多次掣肘，孝宗心灰意冷，不再对金用兵。他在太上皇死后只做了两年皇帝，竟也将大位禅让给儿子宋光宗，自己也做了太上皇。

光宗更是乏善可陈，年纪轻轻就得了重病，还有一个不安分的皇后。由于光宗生性懦弱，加上皇后的弄权欺凌，使得他整日郁郁寡欢，得了精神病，不得不再禅让给唯一的皇二代宋宁宗。此后的南宋王朝，江河日下。

从高宗到宁宗，至尊皇位竟成了烫手山芋。禅让在南宋已经成为一种政治文化现象，这在中国历史上绝无仅有。这正是南宋这个偏安朝廷的独特气质。

通货膨胀的陷阱

在古代汉语中，货与币本来是两个不同的概念，货是货物，币是钱。货币一词首次出现在《后汉书》中，当时的人们就已经发现，货与币如同天平的两侧，必须保持平衡。用现代的话说，货币的发行，必须与经济发展相匹配。

但古代一些统治者似乎不明此理，把通货膨胀当作摆脱财政困境、掠夺百姓的惯用手段。历代政府贬值货币的花样百出。在金属货币时代，官府先用减重的方法铸小钱，再用变相的方法铸大钱。宋代以后出现了纸币，由于纸币的面值可任由官府规定，伸缩无限，其膨胀程度较之金属铸币，有过之而无不及。通货膨胀有两种形式：一是不停地发钞，一直膨胀下去，如明代的大明宝钞；二是一面膨胀，一面改发新钞，如宋代的会子和元代的宝钞。

通货膨胀的结果是民不聊生，引发内乱外患，政权走向崩溃。新朝创立者一般能够吸取前朝教训，采取措施促生产、稳物价。然而，随着王朝机制的僵化，官僚机构臃肿，统治集团腐化，税费已无法满足开支需求时，滥发货币成为必然选项。这在中国古代的两汉和元朝表现尤甚。

因秦朝苛政后遗症影响，西汉初期币值跌落，物价飞涨。文帝时着手稳定币值和物价。他从奖励农耕和收缩通货两个方面来进行。到景帝时，币值已趋向稳定，物价呈下降趋势。西汉末年，王莽专政，乱改币制，不断铸行大面额货币，导致又一次出现通货贬值、物价暴涨的局面。东汉光武帝在位的三十多年间，又是稳定币值和物价的时期，主要是从紧缩政府财政支出和发展农业生产两个方面入手。东汉末年，再次出现了严重的货币减重行为，即董卓的"更铸小钱"，因而又出现了物价狂涨的局面。东汉重蹈西汉灭亡之覆辙。

元初期，发行中统钞以统一各地的货币。由于政府充实准备金，控制纸币流通量，注意管制物价，使纸币价值不变，物价曾一度保持稳定，甚至下降。不过二十年时间，由于政府改变纸币政策，纸币价值逐步下降，物价逐步升高。到了世祖末叶，物价比以前上涨了许多倍，其根本原因是收支不能平衡。海外战争用费的激增，加以诸王赏赐、皇室支用等费用的庞大，财政连年入不敷出。到元末顺帝时，更是费用大增，政府无限制地发行没有准备金的纸币，导致物价暴涨。纸币贬值成为废纸，人民拒绝使用，而致物物交易。元至正十九年（1359），在京师一千贯钞还买不到一斗粟，较之元初涨了一千倍以上。就这样，元朝由经济上的崩溃引发政治上的崩溃。

货币贬值导致物物交易的，还有古罗马帝国。罗马帝国的君主没能成功地增加税收，就利用铜铁等掺假造币，降低银币中白银的分量。这样，用同样重量的白银，制造出了更多的银币，满足了皇室的开支。公元150年，罗马帝国银币中的含银量相当于恺撒时代的千分之二；到了公元350年，这一比例已是六千万分之一了。掺假的银币越来越不值钱，便没有了公信力，商品交换几乎退回到以物易物的状态。罗马帝国一片萧条，曾经的繁荣宛如过眼云烟。

通货膨胀就像罂粟花，一些统治者迷恋于它的美丽，却忘记了诱惑背后的毒性：或者根本没人在乎其毒性的大小，或者知道它的毒性，却自信能够免疫，不惜饮鸩止渴，从而使自己陷入绝境。

皇子相杀中的安全困境

"本是同根生，相煎何太急"，"最是无情帝王家"。历史上，皇室手足相残之事不胜枚举。如，秦胡亥杀扶苏，十六国时期汉刘聪杀刘和，南北朝时期宋刘骏杀刘邵，北魏拓跋嗣杀拓跋绍，隋杨广杀杨勇，唐李世民杀李建成、李元吉，后梁朱友贞杀朱友珪，五代十国时期后唐王延钧杀王延翰——前者都是踏着兄弟的尸骨登上王位的。

普天之下，莫非王土；率土之滨，莫非王臣。王权的巨大诱惑力，使一些皇子丧失人性天伦，对骨肉同胞举起屠刀。这是普遍的看法。但这种看法掩盖了历史的另一种真相——皇子们所面临的"安全困境"。

"完全困境"本来是国际政治理论中的常用术语，它指的是，一个国家为了保障自身安全而采取的措施，反而会降低其他国家的安全感，从而导致本国自身更加不安全。一个国家即使是出于防御目的增强军备，其他国家仍然会视之为威胁，从而针锋相对地作出反应，这样一种相互作用的过程，是国家难以摆脱的一种困境。

"安全困境"的核心问题，是国家间的恐惧感和不信任感。在这样一种局面下，你会对其他国家有恐惧感，别国也会对你有同样的恐惧感。也许你对别国根本无伤害之意，但你无法使别国真正相信你。在这种情况下，双方都以为对方是有敌意的，于是，军备竞赛不断升级，最终的结果是走向战争，人类自相残杀。

皇子之间同样有这种恐惧感和不信任感。在古代封建专制社会，民众大都迷信皇族受命于天，替天行"王道"。作为皇子，即便你生性平淡，没有权欲，对兄弟的太子之位或皇位并没有觊觎之心；但你与他同为皇室血脉，有巨大的号召力，这便是原罪了。掌权者认为，你有条件被利益集团选作代理人，从而"黄袍加身"。掌权者尤易在其统治面临合法性危机时疑惧。

王权的独占性和嗜血性使掌权者相信，失去权力，就意味着性命不保。因此，他会寻找一切机会，不惜一切代价，除掉可能对其构成威胁的亲兄弟。而在野的皇子，对已成储君或已登大位的兄弟同样深怀恐惧和不信任；即便只是出于对自身安全的考虑，他也要暗中培植力量。在皇子们眼中，只有权力才是最好的保护伞和安全屏障。

在位者和在野者互相的不信任感和恐惧感，在一定程度上促成了手足相残的悲剧一再上演。最极端的例子来自五代十国时期南汉中宗刘晟。

南汉开国皇帝刘龑去世后，第三子刘玢登上帝位，由刘玢之弟刘晟辅政。结果，刘晟杀掉刘玢，自己做了皇帝。随着权力的增大，刘晟的疑心病也越来越重。他杀掉的第二个兄弟，正是昔日的同盟者刘洪杲。刘洪杲作为兵马副元帅，多次向刘晟提建议，这并无不妥；但在敏感多疑的刘晟眼里，刘洪杲无疑是在染指专属于他一个人的皇权，结果刘洪杲惨遭杀害。刘龑诸子之中，第五子刘洪昌最为贤能。刘龑曾打算将其立为太子，经大臣劝谏未成。因此，杀掉刘洪杲之后，刘晟的下一个目标就是担任兵马大元帅的刘洪昌。与刘洪昌同一年遇害的，还有他的八弟刘洪泽。刘洪泽最初被封为镇王，居于邕州（今广西南宁）。有一年，南宁的上空出现一只凤凰。在刘晟看来，这无疑是八弟即将称帝的征兆，于是派人毒杀了刘洪泽。不久，刘晟对幸存的兄弟展开了最大规模的杀戮和清洗。同一天里，竟然有八个兄弟同时被杀。刘晟一共有十八个兄弟，大哥、二哥因病早逝，九弟死于战场，其余十五个兄弟均被刘晟杀害。清除了眼中的所有"危险分子"后，刘晟成了真正的"寡人"。

国家之间发生战争，不全是为了争夺资源，相当一部分是"安全困境"导致的。皇子相杀，也不全是为了争夺皇位，有的最初只是为了自保，后因陷入"安全困境"的泥潭而难以自拔。传统专制政体的死结——国家公权力的私有性、垄断性和排他性，让皇子们都没有安全感，手足相残的悲剧也就不可避免了。

卧榻之侧的"怪兽"

公元974年，赵匡胤召南唐后主李煜到汴京朝见。李煜担心自己被扣押，就派徐铉到汴京求和。赵匡胤直截了当地说："卧榻之侧，岂容他人鼾睡？"这是在向李煜宣布主权：这天下都是我的，容不得任何人侵占，绝不可能和解。赵匡胤这句话，是中国古代自秦始皇开始一直推行君主专制的形象诠释，也是赵宋天下之得与失的生动注脚。

赵匡胤就曾是他人卧榻之侧的鼾睡者。他在后周时任殿前都点检，领宋州归德军节度使，率军抵抗契丹。赵匡胤在陈桥驿发动兵变，黄袍加身，从寡妇孤儿的符皇后和后周恭帝柴宗训手中夺取了政权。赵匡胤效仿的，正是后周的创建者郭威。

郭威帮助刘知远建立后汉，自己坐上枢密使的高位，掌握了军权。皇二代刘承祐不甘心大权旁落，猜忌诛杀权臣。郭威率师抵御契丹途经澶州时，士兵发动兵变，把撕破的黄旗披在郭威身上。黄袍加身后，郭威返回汴梁，正式称帝，建立后周。郭威没有想到的是，自己建立的王朝，在十几年后，被赵匡胤以同样的方式取而代之。

赵匡胤像

赵匡胤同样没想到的是，三百余年后，同样是寡妇孤儿的谢太后和南宋恭帝赵㬎，又在临安东北的皋亭山向元军统帅奉表投降。柴宗训和赵㬎，这两个末代皇帝，不但帝号一样，都称恭帝，而且都是七岁逊位。

据《宋史纪事本末》记载，元朝大将伯颜攻占临安后，赵㬎曾派人前去议和，伯颜拒绝说："汝国得天下于小儿，亦失天下于小儿，其道如此，尚何多言！"赵宋天下之得与失，都发生于小孩身上，这是天道循环。这真是历史的极大讽刺。

元代诗人刘因在《书事》一诗中，把这两件惊人的相似史实联系起来描写："卧榻而今又属谁？江南回首见旌旗。路人遥指降王道，好似周家七岁儿。"这七岁的降王，多么像当年后周的七岁降王啊！作者显然认为，元朝统治者不过是以赵匡胤之道，还治其末代子孙之身而已。

当年赵匡胤建立北宋后，为防卧榻之侧的鼾睡者而处心积虑。他吸取五代十国的教训，严防军人僭越，在政治上轻武重文，设计了"君主与士大夫共治"的权力制衡，一度出现良好稳定的政治局面。然而，神宗时期的元丰改制，使中央的权力分配发生变化，大大提高了相权，以便君主利用宠信的宰相掌握大权。神宗以后，党争加剧，士大夫与君主共治的局面被打破。皇帝开始与士大夫群体对抗，他更愿意扶持忠于自己的党派。

靖康之变后，宋室南渡偏安，宋王朝进入到动荡期，中央集权成为必然。在战争的推动下，宰相获得了更多权力。起初，君主躬亲政事，相权被君权牢牢抑制；后期，君主怠于政事，甚至沉迷享乐，军政大权就落到宰相手中。韩侂胄、史弥远、贾似道等权相利用天子的软弱和制度的空子，把控朝政，为所欲为。这时，宰相不再是士大夫群体的代言人，而是背负着君主幽灵的独裁者。

在北宋，士大夫是国家治理的基石，也是应对国家危机的缓冲带；但在南宋，这一缓冲逐渐消弭，更兼宰相的专权和无能，政事荒废，危机四起。当北方义军奋力杀敌，保卫自己的家园时，宋廷的权相则懒坐于西湖边，醉倒在温柔乡，即便襄阳危急，国难将至，他们仍封锁消息，制造出歌舞升平的假象。直到蒙古大军深入腹地，南宋君臣才从迷梦中醒来，但大势已去。宰相是君主的代理人，宰相专权是君主专制的化身。探究南宋灭亡的根源，与其说因了专权的宰相，不如说因了君主自身。

在专制制度下，共存共赢是奢侈品，你死我活是常态。李煜向赵匡胤求和，赵㬎向伯颜求和，都是一厢情愿。按照英国思想家霍布斯的比喻，君主专制是"利维坦"，即一种邪恶的海里怪兽。以己度人，君主会把卧榻之侧的所有鼾睡者，都当作"怪兽"，绝不会容忍它的存在。

然而，"怪兽"是防不胜防的，它是君主专制的必然产物。它或在庙堂，或在江湖，或是文臣武将，又或是君主自己。

兄弟情与父子仇

　　唐玄宗李隆基前期励精图治，开创了开元盛世；后期怠于政事，宠信奸佞，引发安史之乱。前后判若两人。他对待兄弟和儿子的态度，也截然不同。

　　李隆基对兄弟关怀备至，是千古帝王中少有的。他当太子时，就命人做了一个非常大的被子和一个非常长的枕头，用来与兄弟同床共枕。做了皇帝后，他在皇宫一侧修建了一座楼，专供兄弟们饮酒作乐。

　　对于大哥李宪，李隆基十分敬重，也格外照顾。每年李宪过生日，李隆基都亲自去祝贺，赏赐丰厚异常。但凡李隆基觉得好的东西，没有不分享给大哥的。李宪卧病在床，李隆基一天之内多次询问病情，如果稍有好转，他就很开心；如果又有恶化，就难过得吃不下饭。

　　对古代皇家兄弟而言，和睦是奢侈品，他们为了权力常常斗得你死我活。深谙宫廷政治的李隆基，对兄弟如此仁爱，与兄弟的谦让和低调有很大关系。

　　李隆基一共兄弟六人，他排行第三。唐中宗李显驾崩后，李隆基发动政变杀掉韦后，帮父亲李旦登上皇位。在这个过程中，李隆基是立了大功的，他就像当年帮李渊打天下的李世民。李旦当时很为难，是立长子李宪还是李隆基为太子？李世民为皇位杀了大哥李建成，殷鉴不远。李宪有自知之明，他哭着推辞，大臣们也劝唐睿宗李旦立李隆基为太子。于是，李隆基顺利当上太子，后又接受父亲的禅让，登上皇位。此后，李宪为了避嫌，很少参与朝政，其他几个兄弟也以大哥为榜样，对朝中之事不闻不问。

李隆基对兄弟投桃报李。李宪去世后，李隆基认为哥哥高风亮节，让皇位给自己，于是破天荒追谥李宪为"让皇帝"，所有丧葬礼仪都是按皇帝规格。对于其他兄弟，他也关爱备至。二哥李捴被追谥惠庄太子，四弟李范被追谥惠文太子，五弟李业被追谥惠宣太子。

对兄弟如此友善的李隆基，对儿子似乎应该更加爱护；但他却在一天之内，连杀李瑛、李瑶、李琚三个亲生儿子，令人匪夷所思。

最初，李瑛的母亲被李隆基宠幸，因而李瑛被立为太子。同时被宠幸的，还有李瑶之母、李琚之母。后来，武惠妃宠倾后宫，她所生的李瑁自然就很受李隆基喜爱，而皇太子李瑛却因母亲的失宠渐被皇上疏远。

李林甫乘机向武惠妃表明，他愿助她的儿子登上大位。于是，武惠妃在李隆基面前多次为李林甫说好话。李林甫因而屡获升迁，入阁拜相。他多次与武惠妃密谋欲除掉太子，让李瑁取而代之。

武惠妃向李隆基告状，称太子和李瑶、李琚拉帮结派，意图谋害她们母子。此言正中李隆基的心病，当年他就是靠拉帮结派而上台的。他动了废掉太子和两位皇子的念头。但宰相张九龄等人一再力保，李隆基才暂时作罢。但张九龄等一帮重臣的做法，却让李隆基感到太子羽翼渐丰，他觉得这已经危及自己的皇权了。

李林甫的机会来了。朝臣严挺之被一案牵连入狱，张九龄为他辩解无果，只好转托裴耀卿代救。李林甫乘机诬陷裴、张是朋党，李隆基遂罢去两人相位。之后，李瑛、李瑶、李琚被以"谋反罪"废为庶人，不久又被赐死。

对兄弟情深意笃，对儿子狠下杀手，表面看似矛盾，实则一脉相承，都是为了皇权稳固。明代思想家李贽在《藏书·亲臣传·太子瑛》中说："非让皇帝有太伯、叔齐之贤，则明皇之视诸弟，不难于诸子矣。"太伯、叔齐是殷商末期孤竹国的两位王子，互相让国，不肯继位。言下之意，如果"让皇帝"李宪没有太伯和叔齐的贤德，那么李隆基对待几位兄弟，难道不会更甚于对他的几个儿子吗？这可谓一语中的，点破了兄弟温情面纱下的真相。

香雪文丛书目

刘世芬《毛姆VS康德：两杯烈酒》

夏　宇《玫瑰余香录》

汪兆骞《诗说燕京》

方韶毅《一生怀抱几人同——民国学人生平考索》

王　晖《箸代笔》

周　实《有些话语好像云朵》

魏邦良《传奇不远——一代真才一世师》

刘鸿伏《屋檐下的南方》

// 集木工作室

投稿邮箱：jimugongzuoshi@163.com

微信公众号：集木做书

 微信搜一搜

Q 集木做书